삶을 바꾸는 식탁

BOOK
JOURNALISM

삶을 바꾸는 식탁

발행일 ; 제1판 제1쇄 2020년 4월 20일

지은이 ; The Guardian 역자 ; 김준섭 · 서현주 · 안미현 · 전리오 발행인 · 편집인 ; 이연대

주간 ; 김하나 편집 ; 소희준 제작 ; 강민기

디자인 ; 최재성 · 유덕규 지원 ; 유지혜 고문 ; 손현우

펴낸곳 ; ㈜스리체어스 _ 서울시 중구 삼일대로 343 8층

전화 ; 02 396.6266 팩스 ; 070 8627 6266

이메일 ; hello@bookjournalism.com

홈페이지 ; www.bookjournalism.com

출판등록 ; 2014년 6월 25일 제300 2014 81호

ISBN ; 979 11 969700 9 3 03300

이 책은 영국 《가디언》이 발행한 〈The Long Read〉를 번역 및 재구성했습니다. 북저널리즘은 영국 《가디언》과 파트너십을 맺고 〈The Long Read〉를 소개합니다. 〈The Long Read〉는 기사 한 편이 단편소설 분량이라 깊이 있는 정보 습득이 가능하고, 내러티브가 풍성해 읽는 재미가 있습니다. 정치, 경제부터 패션, 테크까지 세계적인 필진들의 고유한 관점과 통찰을 전달합니다.

BOOK
JOURNALISM

삶을 바꾸는 식탁

The Guardian

: 지금 유명 셰프들은 더 이상 무자비한 주방의 독재자도, '분자 요리'로 이름을 날리는 과학자도 아닌, 더 나은 세상을 향한 원정대가 되었다. 음식을 만드는 사람들이 사회 변화의 최전선에 선 셈이다. 이들은 지나치게 현대화되고 산업화되어 화학 물질로 뒤덮인 음식을 원래 상태로 되돌리려 하고 있다. 재배, 발효 같은 기초적인 단계에 집중하면서 사회와 경제, 문화를 바꾸는 것이다.

차례

저자 스티븐 부라니(Stephen Buranyi)는 영국의 작가이며 전직 면역학 분
야 연구원이다.

역자 김준섭은 서울외국어대학원대학교에서 순차 통역 및 번역을 전공했다.
졸업 후 SC은행에서 프로젝트 통번역사로 2년간 근무했다. 현재 정부 기관,
국내외 단체 및 기업을 고객으로 하는 9년 차 전문 번역가로 활동하고 있다.

울고 싶을 정도로 톡 쏘는 신맛

2011년에 당시 세계 최고의 레스토랑으로 선정된 덴마크 코펜하겐의 노마Noma에서 운 좋게 식사를 할 기회가 있었다면 노마의 시그니처 요리를 맛봤을 것이다. 익히지 않은 북해산 맛조개 한 점에 거품을 낸 파슬리 소스를 두르고 서양고추냉이 가루를 올린 요리다. 겨울철의 혹독한 노르딕 해안선을 연상시키려 한 이 요리는 기술적으로나 개념적으로나 경이로움 그 자체였다.

하지만 정작 요리보다 더 눈에 띈 것은 함께 나온 한 잔의 음료였다. 탁하고 산미가 두드러진 화이트 와인이었는데, 프랑스 루아르 밸리의 이름 없는 와이너리에서 생산된 것으로 당시 병당 8유로 정도면 구입할 수 있었다. 300유로짜리 메뉴와 함께 내놓을 와인으로는 분명 특이한 선택이었다. 이 와인은 농약이나 화학 비료, 방부제를 일체 사용하지 않고 만든 이른바 '내추럴 와인'으로서 한 세대에 걸쳐 와인 업계 최대의 갈등을 촉발시킨 운동의 산물이다.

내추럴 와인은 인기가 높아지면서 코펜하겐의 노마, 산세바스티안의 무가리츠Mugaritz, 런던의 히비스커스Hibiscus 등 세계적으로 유명한 레스토랑 여러 곳에서 주요 메뉴에 올랐다. 뿐만 아니라 전통적인 와인들이 지나치게 가공되어 왔으며 현지 재료의 사용을 중시하는 식문화에 부응하지 못하고 있다고 믿는 소믈리에들도 내추럴 와인을 지지하고 있다. 최근 연구에 따르면 현재 런던 소재 레스토랑들이 보유한 와인 리스트의 38퍼센트가 최소 한 병 이상의 유기농 와인, 바이오다이내믹 와인 또는 내추럴 와인을 갖추고 있다(항목은 겹칠 수 있다). 2016년에 비해 세 배 이상 늘어난 수치다. 2017년 《타임스The Times》는 '내추럴 와인의 유행'이라는 기사에서 "내추럴 와인의 기묘하면서도 놀라운 맛은 온갖 종류의 향과 특이한 맛으로 당신의 감각을 뒤흔들 것"이라고 평했다.

내추럴 와인 시장의 성장과 함께 이를 견제하는 적도 생겨났다. 내추럴 와인을 폄하하는 많은 이들에게 내추럴 와인은 일종의 러다이트 운동이자 포도 재배의 백신 거부 운동이다. 지난 한 세기 동안 과학이 애써 근절해 온, 사과주 맛과 신맛이 나는 결함 와인을 높이 평가하는 운동 말이다. 이들의 관점에서 내추럴 와인은 진보를 역행하여 로마 소작농의 입맛에나 맞는 와인으로 회귀하려는 트렌드다. 영국 시사 주간지 《스펙테이터The Spectator》는 내추럴 와인을 '상한 사과주 혹은 부패한 셰리주'에 비유했고 《옵저버The Observer》는 '울고 싶을 정도로 톡 쏘는 신맛'이라고 평했다.

일단 자신이 무엇을 찾는지만 알면 내추럴 와인을 구별하기란 어렵지 않다. 내추럴 와인은 전통적인 와인에 비해 강한 냄새와 탁한 색, 풍부한 과즙, 강한 신맛, 대체로 실제 포도

맛에 충실한 것이 특징이기 때문이다. 어떤 의미에서 내추럴 와인은 6000년 전 인간이 최초로 와인을 빚기 시작했을 때 인간을 매료시켰던 핵심 요소로의 회귀를 상징한다. 내추럴 와인 옹호론자들은 와인 제조 방식에서부터 좋고 나쁜 와인에 대한 비평가들의 기준에 이르기까지 오늘날 1300억 유로(171조 917억 원) 규모 와인 산업의 거의 모든 것이 윤리적, 생태적, 심미적으로 잘못되었다고 주장한다. 그들에게 포부가 있다면 지난 수십 년간 와인 업계의 호황과 함께 생겨난 인위적인 요소들을 걷어 내고 와인이 본연의 모습을 되찾도록 하는 것이다.

하지만 와인 비평가들 사이에는 그들이 평생을 바쳐 지켜 온 규범과 위계질서를 내추럴 와인 운동이 허물려고 한다는 의혹이 깊이 자리 잡고 있다. 이런 전통주의자들을 특히 분노케 하는 것은 실제 내추럴 와인이라고 하는 것이 모호하다는 사실이다. 프랑스의 저명한 와인 비평가 미셸 베딴느Michel Bettane는 "현재 내추럴 와인에 대한 합법적인 정의는 없다"고 말했다. 또 "스스로 존재한다고 하니 그런 것이다. 내추럴 와인은 한계생산자[1]들이 만들어 낸 공상이다"라고 덧붙였다. 세계에서 가장 영향력 있는 와인 비평가 로버트 파커Robert Parker는 내추럴 와인을 '불확실한 사기'라고 했다.

하지만 엄격한 규칙이 없다는 점은 내추럴 와인 옹호론

자들에게는 매력적인 요소다. 최근 런던에서 열린 내추럴 와인 박람회에서 만난 와인 제조자들은 달의 주기에 맞춰 포도를 재배했고 컴퓨터를 사용하지도 않았다. 어떤 사람은 조지아산맥의 야생 포도나무에서 수확한 포도로 와인을 만들었다. 한 부부는 옛 스페인의 와인 양조법을 부활시켰는데 커다란 투명 유리병에 와인을 담고 바깥에 두어 햇볕을 쐬도록 했다. 또 어떤 이들은 고대 로마 시대의 선조들이 그랬듯이 손으로 빚은 점토 항아리에 와인을 담아 숙성시키고 항아리를 땅에 묻어 낮은 온도를 유지했다.

루아르 밸리 출신의 세바스티앙 히포Sebastien Riffault는 창립 10년을 맞은 내추럴 와인 협회L'Association des Vins Naturels를 이끌고 있다. 그는 '아무것도 첨가하지 않고 한 세기 전 방식으로 와인을 만드는 것'이 자신의 기본 양조 방식이라고 밝혔다. 이는 손으로 직접 수확한 유기농 포도만을 사용하고 포도밭에서 채집한 야생 이스트(효모균)로 천천히 발효시키는 것을 의미했다(대다수 와인 제조자들은 실험실에서 배양한 이스트를 사용하는데 'F1 경주용 자동차와 마찬가지로 발효 속도를 높이는 것'이 목적이라고 히포는 설명한다). 와인에 항균성 화학 첨가제를 전혀 넣지 않으며 모든 내용물은 필터링 작업을 거치지 않고 병입된다. 그 결과 히포의 와인 상세르Sancerre는 짙은 호박색을 띠고 당도가 높으며 결정화된 꿀과 절인 레몬 맛이 난다.

훌륭한 와인이긴 하지만, 프랑스 정부 공식 가이드라인의 상세르 와인에 대한 묘사인 '신선한 시트러스와 흰 꽃' 향에 '연노란색'과는 거리가 멀다. "모두를 만족시킬 와인은 아닙니다. 패스트푸드처럼 만들지도 않았죠. 하지만 100퍼센트 순수한 와인입니다"라고 히포는 말했다.

불과 20년 전만 해도 히포를 비롯해 그와 생각을 같이하는 이들은 무시를 당했다. 하지만 이제 그들은 주류 시장에서 기반을 확보했고 그들의 접근 방식은 우리가 알고 있는 와인을 크게 바꿔 놓을 수 있다. 부르고뉴 지방의 내추럴 와인 제조자 필립 파칼레Philippe Pacalet는 이렇게 말했다. "우리 모두 고전을 면치 못했습니다. 사람들이 내추럴 와인을 받아들일 준비가 되지 않았던 거죠. 하지만 셰프들이 바뀌고 소믈리에들이 바뀌고 모든 세대의 생각이 바뀌었어요. 이제는 내추럴 와인을 받아들일 준비가 된 겁니다."

현대 와인의 생태적 문제

와인이 더욱 자연적이어야 한다는 생각은 얼핏 보기엔 터무니없다. 병 라벨에 드러나는 와인의 도상학은 구불구불한 초록빛 언덕과 마을의 수확 풍경, 천천히 셀러(cellar, 포도주 저장실)를 거닐며 신비로운 발효 과정을 확인하는 양조자 등 평온한 세계를 보여 준다. 포도는 새로운 모습으로, 하지만 비교적 순조롭게 와인 잔에 도달한다.

하지만 내추럴 와인 옹호론자들이 지적하다시피 오늘날 와인 대부분의 생산 방식은 그림 속 풍경과는 완전히 다르다. 포도밭은 농약과 화학 비료 범벅이다. 병충해에 취약하기로 악명 높은 포도를 지키기 위해서다. 프랑스 정부의 2000년 보고에 따르면 전체 경작지에서 포도밭이 차지하는 비중은 3퍼센트에 불과했지만 포도밭에서 사용된 농약은 전체의 20퍼센트를 차지했다. 2013년 연구 결과에 따르면 프랑스 슈퍼마켓에서 판매하는 와인의 90퍼센트에서 농약 성분이 검출되었다.

상황이 이러하자 몇 안 되는 포도밭에서 유기농 경작을 도입했고 그 수는 점점 늘어나고 있다. 하지만 포도 수확 이후의 과정은 달라지지 않았다. 유기농 포도를 사용한다고 해도 내추럴 와인 지지자들 입장에서 끔찍한 것은 마찬가지다. 오늘날의 와인 제조자는 실험실에서 배양한 강력한 이스트에서부터 항균제, 산화 방지제, 산도 조절제, 필터링용 젤라틴, 심지어 산업용 기계 장비에 이르기까지 매우 다양한 도구를 이용할 수 있다. 와인은 칼슘·포타슘 결정이 형성되지 않도록 주기적으로 전기장을 통과하게 된다. 공기를 첨가히기나 차단하기 위해 다양한 가스도 주입된다. 또 역삼투압 방식으로 와인을 구성하는 액체 성분을 분리해 더욱 만족스러운 알코올-포도즙 비율로 재구성한다.

내추럴 와인 제조자들은 이 중 어느 것도 필요하지 않다고 생각한다. 사실 와인 제조의 기본은 어이가 없을 정도로 단순하다. 바로 잘 익은 포도를 한데 모아 잘 으깨는 것이다. 포도 표피의 이스트가 과육 속의 달콤한 포도즙과 만나면 당분을 먹어 치우기 시작한다. 이스트는 공기 중으로 이산화탄소 거품을 방출하고 혼합물에 알코올을 분비한다. 이 과정은 더 이상 당분이 남아 있지 않거나 이스트가 살아남지 못할 정도로 주위의 알코올 농도가 높아질 때까지 계속 진행된다. 엄밀히 말하면 이 시점에서 와인은 이미 완성된 것이다. 인간이 최초로 와인을 빚은 이후 오랜 세월을 거치면서 와인 제조는 고도의 기술이 되었지만 근본적인 화학 작용은 변하지 않았다. 발효는 불가분의 단계이다. 무슨 일이 있어도 발효 이전에는 포도즙이고 발효 이후에는 와인이 된다.

"포도나무와 사람 사이에서 가장 중요한 것은 이스트예요."파칼레가 경건한 말투로 내게 말했다. "토양의 속성을 표현하고 싶다면 생태계를 이용하면 됩니다. 만약 산업 기술을 이용하게 되면 설령 단순한 작업이라 할지라도 산업 제품을 만드는 것이죠." 그의 말처럼 다소 영적인 관점에서 봤을 때 와인 제조자가 해야 할 일은 포도를 건강하게 키우고 발효 단계까지 관리하되 개입은 최소화하는 것이다.

이는 현대 와인 제조자들이 지금껏 상품을 통제할 수

있도록 해주었던 제조 방법을 포기해야 한다는 얘기다. 더 극단적으로 말하면 특정 지역의 와인은 언제나 특정한 맛이 나야 한다고, 또 와인 제조자는 마치 지휘자처럼 청중이 기대하는 음을 연주할 때까지 와인의 다양한 요소를 적극적으로 부각시키거나 억제해야 한다고 요구하는 주류 와인 문화의 기대를 버려야 한다. "상세르는 상세르다운 맛이 나야 합니다. 품질은 그 다음 문제죠." 영국 멤버십 와인 클럽 67 폴 몰Pall Mall의 로난 세이번Ronan Sayburn 마스터 소믈리에는 말한다.

여전히 와인 업계의 문화적·상업적 중심지인 프랑스에서 수용 가능한 와인 제조 방식은 단순히 역사와 관습의 문제가 아니라 법제화되어 있다. 특정 지역에서 생산한 와인임을 표시하려면 사용 가능한 포도 품종과 생산 기법, 생산된 와인에서 나는 맛에 관한 엄격한 지침을 반드시 준수해야 한다. 이때 조사관과 블라인드 테이스팅 패널이 AOC(Appellation d'Origine Contrôlée, 원산지 명칭 통제) 또는 PDO(Protected Designation of Origin, 원산지 명칭 보호)라고 하는 인증 절차를 진행한다. 이 기준을 충족하지 못하는 와인에는 '뱅 드 프랑스Vin de France'라는 라벨이 붙는다. 이는 낮은 품질의 와인임을 가리키는 일반 명칭으로[2] 구매자 입장에서는 매력이 떨어질 수밖에 없다.

일부 내추럴 와인 제조자는 이 인증법에 반기를 들어왔다. 해당 법이 와인을 망가뜨리고 있는 지배적인 제조 방식과 방법에 오히려 힘을 실어 주고 있다는 생각에서다. 내추럴 와인을 만드는 올리비에 꾸장Olivier Cousin은 2003년에 지역 AOC를 탈퇴하기로 했다. 그는 내게 보낸 편지에서 AOC 기준을 충족하려면 포도밭에 기계를 들이고 이산화황과 효소, 이스트를 첨가하고 살균 및 필터링 작업까지 해야 한다고 불만을 털어놨다. 그는 자신이 만든 와인의 산지명 '앙주Anjou'를 포기하지 않고 계속 사용하다 원산지 표시 위반으로 기소되기도 했다. 그러자 꾸장은 사람들의 이목을 끄는 퍼포먼스를 벌였다. 법정 계단까지 짐수레 말을 타고 가서는 문제가 된 자신의 와인을 행인들에게 나누어 준 것이다. 하지만 결국 그는 와인 라벨을 바꿔야 했다.

아버지로부터 포도밭 몇 곳을 물려받은 밥티스트Olivier Baptiste는 'AOC는 거짓말쟁이들'이라며 "애초 소규모 생산자들을 보호하기 위해 만든 원산지 표시가 오히려 와인의 질만 떨어뜨리고 있다"고 덧붙였다.

더 이상 나쁜 빈티지는 없다

특정 지역의 와인에서 어떤 맛이 나야 하는지에 대한 기대감은 수백 년을 거슬러 올라간다. 하지만 그 기대감을 바탕으로 세워진 전 세계 와인 산업은 대체로 지난 세기의 산물이다. 만약 내추럴 와인이 무언가에 대한 반발이라면, 와인 제조의 전통적인 방식을 시장의 규모와 수요에 맞출 수 있다는 생각에 대한 반발일 것이다. 경제적 성공과 함께, 세계화는 와인 산업을 활기 없고 대중 영합주의적인 순응으로 서서히 몰아가고 있다.

　　프랑스는 오랜 세월 동안 와인 산업의 중심이었지만 20세기 중반까지만 해도 대부분의 포도밭은 소규모였고 수작업 의존도가 높았다. 내추럴 와인 제조자들이 보기에 와인 업계의 상황이 악화되기 시작한 것은 제2차 세계 대전이 끝나고 수십 년이 지난 뒤였다. 프랑스의 포도밭이 현대화되고 와인 산업이 글로벌 경제의 거대 산업으로 성장한 시기다. 환멸을 느낀 내추럴 와인 제조자들 입장에서 보면 와인 산업의 기술적·경제적 성공담은 어쩌다 와인이 길을 잃게 되었는지를 보여 주는 비극적인 이야기가 아닐 수 없다.

　　제2차 세계 대전 이전만 해도 프랑스 내의 트랙터 수는 3만 5000대에 불과했다. 이후 20년 동안 그 수가 백만 대 이상 늘어났고, 미국산 농약과 화학 비료를 이용할 수 있게 되었다. 그와 동시에 양조학자들은 과학의 힘을 빌려 와인의 질을 향상시켰다. 특히 두 양조학자 에밀 뻬노Emile Peynaud와 파스칼 리베로-가용Pascal Ribéreau-Gayon은 부단한 연구를 통해 양조학의 학문적 정통성을 최초로 확립했고 실험실과 양조 현장 사이에 가교를 놓았다. 뻬노는 "지금까지 우리는 그저 우연히 훌

룡한 와인을 만들었다"고 단언했다. 앞으로는 더욱 철저하게
와인을 만들게 될 것이라는 의미다.

뻬노는 와인 제조 방식의 표준화에 기여했다. 그의 업
적 가운데 가장 단순하면서도 위대한 것은 와인 제조자들이
더 나은 품질의 포도를 수확하고 더 위생적인 설비를 사용하
도록 한 것이다. 그 외에도 산성도pH, 당도, 알코올 농도 등에
대한 시험을 개척하여 대중화했다. 이는 와인 제조에 예전에
는 없던 과학적 명확성을 가져다주었다.

와인 제조 방식의 현대화는 엄청난 성공을 가져왔다.
1970년대 말 프랑스 와인의 총 수출액은 10억 달러였다. 불
과 20년 전에 비해 10배 가까이 늘어난 데다, 경쟁국인 이탈
리아와 스페인, 포르투갈의 와인 수출액을 전부 합친 것보다
많은 금액이다. 와인 시장이 커지자 다른 나라들도 앞다투어
프랑스 모델을 모방했다. 프랑스 출신 기술자들과 컨설턴트
들은 전 세계의 신규 와이너리에 고용되어 양조학과 전통 프
랑스 양조 방식을 전수했다. 그중에서도 가장 영향력 있는 컨
설턴트 미셸 롤랑Michel Rolland은 한때 전 세계 100여 곳의 고객
과 일하기도 했다.

와인 생산에 뛰어드는 나라가 늘어나면서 모두 프랑스
방식대로 와인을 제조했다. 프랑스 와인의 왕이라 불리는 보
르도 지역의 품종 카베르네 소비뇽Cabernet Sauvignon과 메를로

Merlot는 칠레에서 캐나다에 이르기까지 전 세계의 새로운 포도밭에서 경작되었다. 수익과 명성 측면에서 프랑스의 뒤를 이어 큰 격차로 세계 2위 자리를 지켜 온 이탈리아조차 토스카나 지역에서 재배한 프랑스 전통 품종으로 보르도식 와인을 만들었고, 국제 와인 경연 대회에서 여러 차례 수상했다.

1980년대 이후, 묵직한 맛과 약간의 단맛, 높은 알코올 도수가 특징인 보르도식 와인은 프랑스 컨설턴트의 도움으로 계속해서 전 세계 와인 시장을 장악해 나갔다. 보르도식 와인은 새로운 세대의 비평가들로부터 사랑을 받았다. 그중 한 명이 바로 막강한 영향력을 지닌 로버트 파커다. 자칭 '소비자 권익 옹호론자'인 그는 미국 메릴랜드의 자택 사무실에서 해마다 1만 병의 와인을 시음하는데, 그의 추천에 따라 와인 제조자의 한 해 성패가 좌우되기도 한다[영국의 와인 비평가 휴 존슨(Hugh Johnson)은 전 세계 와인 업계의 성쇠를 좌지우지해 온 로버트 파커를 가리켜 '제국적 패권주의'에서 탄생한 '미각의 독재자'라 평했다].

파커와 동료 비평가들이 높이 평가한 종류의 와인은 국제주의 스타일로 알려지게 되었다. 이 표현에는 경멸의 느낌이 섞여 있다. 특색 없는 국제주의로 인해 와인의 종류와 산지 사이의 연결 고리가 끊어졌다는 느낌 말이다. 사실 이 같은 비판은 반박하기가 어려웠다. 한 가지 예로 1970년대 이후 이탈리아 토착 품종의 경작 면적은 절반으로 감소하고 프랑스 전통 품종이 그 빈자리를 채웠다.

1990년대 초 프랑스의 연간 와인 수출 규모는 40억 달러를 상회했는데, 이는 여전히 이탈리아보다 두 배 이상, 미국과 호주, 남미 전역 등의 신규 경쟁국에 비하면 10배 이상 많은 금액이다. 또한 제조 방식 측면에서도 모두가 여전히 프랑스 방식을 따랐다. 오늘날 미국이나 영국에서 판매하는 가장 저렴한 레드 와인을 보더라도 여러 가지 측면에서 프랑스 와인의 우위를 확인할 수 있다. 훈연한 나무 칩을 와인에 띄워 프랑스산 오크통의 바닐라와 스파이스 향이 나도록 하고, 설탕과 자주색 착색제를 섞어 양질의 보르도 와인이 지닌 부드러운 단맛과 짙은 색깔을 흉내 냈을 가능성이 높다.

1990년대 들어 보르도의 와인 제조자 브루노 프라Bruno Prats가 한 것으로 알려진 말은 주요 와인 매체에 거듭 실렸고, 마치 신성한 주문이라도 되는 양 와인 투자자들 사이에 회자되었다. "더 이상 나쁜 빈티지는 없다"는 발언이었다. 경작 및 양조 기술의 발전이 자연을 거의 정복했다는 의미다. 2000년, 지금은 고인이 된 와인 저널리스트 프랭크 프라이얼Frank J. Prial은 《뉴욕타임스》에 다음과 같이 기고했다. "사실을 말하자면 전 세계 와인 제조자들은 셀러와 포도밭에서 더 이상 빈티지 차트(연도별로 와인 제조에 적합한 해였는지 아닌지를 고려하여 비평가가 작성한 기록)가 필요하지 않게 되었다." 냉전 종식으로 일부 사람들이 10년이나 일찍 '역사의 종언'을 선언한 것처럼 인류가 와인의 종착지에 도달한 듯했다. 새로운 현실을 받아들이는 것 말고는 달리 방법이 없었다.

내추럴 와인의 기초

와인 산업이 기술을 받아들인 덕분에 와인은 그 어느 때보다 생산량이 늘어났고 수익성도 개선되었으며 앞날을 예측하기 쉬워졌다. 하지만 1980년대에 프랑스 와인이 글로벌 시장 장악의 대미를 장식하고 있을 때 와인 제조자들 사이에서 불만의 목소리가 나오기 시작했다.

후에 내추럴 와인으로 알려지게 된 것의 청사진은 부르고뉴 지방 남단에 위치한 보졸레 지역에서 나왔다. 1950년대 보졸레 지역에서는 신속하게 생산되어 시즌 초에 출시되고 저렴한 가격에 편하게 마실 수 있는 와인 '보졸레 누보Beaujolais Nouveau'를 만들기 시작했다. 보졸레 누보는 큰 인기를 누렸다. 게다가 1970년대 말 즈음에는 대략 뉴욕시 크기와 맞먹는 보졸레 지역에서 해마다 1억 리터 이상의 와인이 생산되었고, 호주와 캘리포니아주의 와인을 합친 것보다 많은 양이 수출되었다.

하지만 상업적으로 거둔 성공에도 불구하고 보졸레는

기술적인 와인 제조가 도를 넘은 비참한 사례로 남았다. 《뉴욕타임스》는 와인 제조자들이 권고 수확량을 두 배로 늘리기 위해 포도나무를 '몰아붙이는' 방법(faire pisser la vigne, 포도나무가 마치 오줌을 싸듯 많은 양의 포도즙을 만들게 하는 과정)을 사용했다며 비난했다. 단기간 내에 보졸레 누보를 생산하기 위해 와인 제조자들은 실험실에서 배양한 이스트로 발효 과정을 시작하고 대량의 유황으로 발효를 중단시키는 방식으로 일정을 앞당겨 와인을 안정화시켰다.

보졸레 지역의 소규모 반대자들은 이 같은 컨베이어 벨트식의 와인 생산을 혐오했다. 이들은 마르셀 라삐에르Marcel Lapierre라는 와인 제조자를 중심으로 세력을 규합했다. 라삐에르는 2010년 사망 후 '내추럴 와인의 교황'으로 널리 칭송받은 인물이다. 그의 동료들에 의하면 라삐에르는 화학 물질이 보졸레 와인의 맛을 망쳐 놨고 동시대인들이 엄청난 속도로 질 낮은 와인을 생산함으로써 "스스로의 미래를 저당 잡혔다"고 비판했다고 한다. 그는 시장의 수요와 보졸레 AOC의 제약이 와인 제조를 옥죄고 있다고 느꼈다.

라삐에르는 명확한 혁명 노선을 갖고 있지 않았지만 급진주의자였다. 또한 마르크스주의 이론가 기 드보르Guy Debord와 상황주의 시인 알리스 베커-호Alice Becker-Ho의 친구이기도 했다. "우리는 다른 삶을 살고 싶었고 다른 와인을 내놓고 싶었어요. 우리 자신을 존중하는 와인, 그리고 마시는 사람을 존중하는 와인 말이죠"라고 라뻬에르의 조카이자 와인 제조자인 필립 파칼레가 말했다.

그들은 예상 밖의 출처에서 나온 이단적인 아이디어에 관심을 갖게 되었다. 1980년 라뻬에르는 부유한 지역 와인상 쥘 쇼베Jules Chauvet를 만났다. 당시 70대의 쥘 쇼베는 수년간 일체의 첨가물 없이 소량으로 와인을 만들어 왔다. 화학을 전공하고 발효에 관하여 폭넓게 논문을 저술해 온 그는 건강하고 다양한 야생 이스트를 같은 포도밭에서 채취하여 사용할 때 가장 복잡하면서도 바람직한 와인의 부케(bouquet, 와인의 발효와 숙성 과정에서 생기는 향)를 얻을 수 있다고 믿었다. 이산화황은 강력한 항균제이기 때문에 쇼베는 이산화황을 비롯한 기타 첨가제가 이스트의 활동을 방해하는 '독'이 된다고 논문에서 밝혔다.

와인 제조에 있어서 쇼베가 정한 원칙은 발효 및 화학물질 배제에 대한 그의 집착에서 나왔다. 첫째, 야생 이스트를 채취할 수 있도록 무농약 농법으로 포도를 건강하게 재배해야 한다. 둘째, 와인 제조는 느린 속도로, 매우 신중하게 신행되어야 한다. 방부제를 사용하지 않기 때문에 썩은 포도가 조금이라도 포함되어 있거나 비위생적인 설비를 사용했을 경우 전체 양조 과정이 실패로 돌아갈 수 있기 때문이다. 파칼레는

"쇼베가 우리에게 이러한 원칙과 과학적 근거를 알려 주었다"고 말하며 쇼베의 기법을 '내추럴 와인의 기초'라고 묘사했다.

이 모든 것들이 당시 사람들에게 얼마나 터무니없는 소리였을지는 두말할 것도 없다. 1980년대에 유황을 사용하지 않고 와인을 제조하는 것은 마치 로프 없이 산을 오르는 것과 마찬가지였다. 프랑스 정부는 19세기 이후로 유황의 사용을 장려하고 법률로 규정했고, 현대 양조학자들도 유황 없이 와인을 만들기란 불가능하다고 여겼다. 유황을 사용하면 발효 과정을 통제하고 박테리아에 의한 부패를 막을 수 있기 때문이다. 유황은 한마디로 와인 업계의 페니실린이라 할 만한 만병통치약이었다.

유황을 일체 사용하지 않고 괜찮은 와인을 만들 가능성은 희박해 보였지만 라삐에르와 동료들은 포기하지 않았다. 라삐에르의 일기에는 작황이 좋지 않았던 해와 빈티지 전체를 뿌옇고 신맛이 도드라지게 만든 변덕스러운 이스트, 그리고 거의 15년간의 실험 기록이 담겨 있다(쇼베는 1989년 사망했다). 결국 그는 1992년 즈음에 이르러 '인위적인 개입을 줄인' 양질의 와인을 일관되게 만들 수 있게 되었다.

불가능한 일을 해낼 수 있음을 입증했지만 라삐에르와 동료들이 거둔 성공은 낯선 것이었다. 그들은 마치 지리적·문화적 주류에서 완전히 벗어난 채 이목을 끄는 밴드 같았다. 지역 주민들의 눈에 비친 그들은 괴짜였다. 와인 저널리스트 팀 앳킨Tim Atkin은 푸드 매거진《사뵈르Saveur》에 기고한 글에서 "등 뒤에서 그들을 비웃는 이웃들이 많았다"고 했다.

하지만 라삐에르와 동료 내추럴 와인 제조자들에게도 파리와 해외에 비록 적지만 열성적인 추종자들이 생겨났다. 그들을 대신해 기꺼이 내추럴 와인을 전파할 수 있는 사람들이었다. "1990년대에 처음 내추럴 와인을 시음했을 때 제 몸이 떠오르는 줄 알았습니다. 세상에! 쇼베의 영혼이 살아 있는 느낌이 들었어요." 2010년《와인 스펙테이터Wine Spectator》와의 인터뷰에서 미국의 와인 수입업자 커밋 린치Kermit Lynch가 밝혔다. 일본인들도 초기에 내추럴 와인으로 전향한 열성적인 추종자들이었으며 '최초의 큰손 고객'이었다고 올리비에 꾸장은 말했다. "그들은 훌륭한 미각을 가지고 있었고 씀씀이도 컸다"고 덧붙였다.

유황을 사용하지 않고 와인 제조를 시도한 사람은 라삐에르만이 아니었다. 프랑스와 이탈리아 전역의 수많은 와인 제조자들이 비슷한 방식으로 실험을 하고 있었다. 그러나 그의 헌신과 와인 제조자로서의 능력, 쇼베의 와인 세조 과정에 대한 과학적 검증이 맞물리면서 반향이 일어났다. 오랜 기간 남모르게 기울여 온 라삐에르의 노력은 다른 수많은 와인 제조자들의 지지로 마침내 그 정당성이 입증되었다. 그들은 라뻬에르의 프로토타입을 발판 삼아 그들만의 내추럴 와인 운동을 시작했고, 관습의 속박으로부터 자유로워졌으며, 와인 산업의 '문 앞의 야만인'이 되었다.

완벽함의 대안

1990년대 내추럴 와인이 보졸레 지역을 벗어나 프랑스와 유럽 전역으로 확산되자 재미있게도 반현대적인 성격을 띠게 되었다. 상당수 와인 제조자들은 하이퍼 로컬리즘(철저한 지역주의)을 수용하여 유행과는 거리가 먼 토착 품종을 심고 오래전 생산 기법을 도입했다. 루아르 밸리에 기반을 둔 한 단체는 바이오다이내믹 농법을 관통하는 신비주의를 전면에 내세웠다. 바이오다이내믹 농법은 거의 한 세기 전에 오스트리아의 오컬트 철학자 루돌프 슈타이너Rudolf Steiner가 창안했다(슈타이너는 논란의 대상인 대안 학교 발도로프 학교의 창립자이다). 이 농법은 포도밭의 생물 다양성을 증진하는 데 그치지 않고 소뿔과 내장을 땅에 묻어 우주 안테나로 사용하는데, 슈타이너에 따르면 "생명을 주는 것이나 별에 관한 것이라면 무엇이든 우주로 되돌려 보내 준다"고 한다.

오랜 기간 내추럴 와인은 인기 없는 하위 장르로 남을 운명인 듯했다. 하지만 2000년대 말부터 변화의 바람이 불었고, 브루클린과 이스트 런던, 코펜하겐과 스톡홀름의 번화가에 있는 레스토랑 메뉴에 내추럴 와인이 오르내리기 시작했다. 이 새로운 종류의 와인은 더욱 폭넓고 새로운 기호와 완벽하게 들어맞았다. '내추럴'이나 '장인'처럼 모호한 용어는 세련됨의 대명사가 되었다. 소비자들은 직접 키운 식자재로 요리하는 팜투테이블farm-to-table 레스토랑에서 식사를 하고, 재활용 목재로 만든 가구나 인더스트리얼 가구로 집을 꾸미고 싶어 한다. 한때 프랑스 동부의 괴짜 와인 제조자 집단의 열정에 불과했던 내추럴 와인이 어쩌다 보니 쿨해진 것이다.

런던의 와인 전문가들은 2010년 즈음부터 내추럴 와인에 주목하기 시작했지만 이를 어떻게 받아들여야 할지 몰랐다. "내추럴 와인은 정의가 매우 모호하기 때문에 곤혹스러웠습니다. 정말 잘 만든 내추럴 와인도 있지만 기포가 빠지고 거품이 일고 악취가 나는 와인, 한마디로 끔찍한 와인을 만날 수도 있죠." 67 폴 몰의 로난 세이번은 말했다. 와인 매체는 내추럴 와인을 마치 지뢰밭이라도 되는 양 표현하곤 했다. 형편없이 질이 떨어지는 와인들 중에서 극히 일부만 안전한 선택인 것처럼 말이다. 《텔레그래프The Telegraph》의 와인 비평가 빅토리아 무어Victoria Moore는 '내추럴 와인 박람회에서 주의해야 할 점'이라는 제목의 2011년 기사를 통해 "단순히 와인에서 다른 맛이 나거나 예상치 못한 맛이라는 이유로 좋은 와인일 거라 생각하는 우를 범하지 말라"고 조언했다. 영국 와인 수입사 레이번 파인 와인Raeburn Fine Wines의 데이비드 하비David Harvey는 다음과 같이 회상했다. "상당수 와인 전문가들과 기고가들은 애초부터 내추럴 와인을 업신여겼습니다. 일반 와인에 대해 잘 알고 있으니 모든 걸 안다고 생각한 거죠."

내추럴 와인의 열풍이 거세지던 2011년 초, 마스터 소믈리에 로난 세이번은 영국 최대의 내추럴 와인 수입사 르 까브 드 피렌Les Caves de Pyrene의 더그 레그Doug Wregg를 웨스트 런던의 작은 바 배가본드Vagabond로 초청해 영국 와인 전문가들을 상대로 내추럴 와인에 대해 설명하는 자리를 만들었다. 이 자리에 참석한 12명 중에는 셰프 헤스턴 블루멘털Heston Blumenthal이 이끄는 레스토랑 더 팻 덕The Fat Duck의 소믈리에 이사 발Isa Bal, 영국 여왕의 와인 셀러를 책임지는 《파이낸셜타임스Financial Times》의 와인 비평가 잰시스 로빈슨Jancis Robinson이 있었다. 당시 전 세계에 170명뿐이던 마스터 소믈리에 중 8명과 마스터 오브 와인 289명 중 3명이 있었다. 마스터 오브 와인은 수십 년이 걸리는 어려운 전문 과정을 졸업한 사람들로, 와인 세계의 대가다.

"설명회 자리에서 강한 적대감이 느껴졌다"고 레그는 당시 기억을 떠올렸다. 와인 비평가 로빈슨은 그 자리의 분위기를 한마디로 '못 미더움'이라고 표현했다. 그래도 몇 종은

인기가 있었다. 쥐라 지역 장 프랑수아 갸네바Jean-François Ganevat
의 가볍고 신선한 샤르도네Chardonnay 와인은 좋은 평가를 받았
다. 또 그만큼은 아니지만 루아르 남동쪽 지역의 가메 품종으
로 유황을 사용하지 않고 만들었으며 톡 쏘는 맛과 후추 향,
약한 땀 냄새가 특징인 와인도 평이 괜찮았는데, 참석자 중 한
사람 이상이 휘발성 산va의 악취를 느꼈다. VA는 식초 냄새
가 나는 다양한 산 성분을 가리키는 약칭이다.

그보다 더 논쟁적이었던 시음 자리도 있었다.《옵저버》
의 레스토랑 비평가 제이 레이너Jay Rayner의 말이다. "그해 겨
울, 런던의 레스토랑 갤빈Galvin에서 레그와 점심을 함께한 적
이 있는데, 그 자리에서 마신 탁한 와인은 농장 마당 구석에서
나 날 법한 냄새가 나더군요." 회의론자들이 품고 있는 가장
큰 의혹, 즉 내추럴 와인은 일관성이 크게 떨어지고 규정하기
어려우며 전통적인 와인과 비슷한 수준에 이르지 못했다는
의혹은 여전히 해소되지 않은 상태다. 세이번은 "내추럴 와인
은 여전히 종잡을 수 없어요. 어떤 와인은 훌륭했는데 또 어떤
와인은 끔찍했거든요"라고 말했다.

참석자들 사이에서는 내추럴 와인이 팔레오 나이어트
(paleo diet, 원시 인류의 식단을 따르는 다이어트 방식)나 프로바
이오틱스(probiotics, 유산균 등 인체에 유익한 미생물)와 같이 기
껏해야 트렌드, 최악의 경우에는 컬트에 불과하다는 공감대

가 형성되기도 했다. 추종자들이 열광적으로 전도에 나서려 했던 컬트 말이다. 그 자신도 열성적인 추종자인 레그는 다른 이들을 설득하기에 가장 적합한 사람이 아니었다. 한 참석자는 "레그와 내추럴 와인에 대해 이야기하는 것은 모르몬교도와 신에 대해 이야기하는 것과 같다"고 말했다. 다른 두 참석자는 내추럴 와인을 동화《벌거벗은 임금님》에 비유했다.

그러나 비평가들이 불만을 갖는 내추럴 와인의 요소들은 지금 내추럴 와인의 성공을 보장하는 요소가 되었다. 2007년 토론토대학의 사회학자 호세 존스턴Josée Johnston과 샤이언 바우만Shyon Baumann은 획기적인 논문을 발표했다. 이 논문에 따르면 20세기를 거치며 고급 프랑스 요리를 의미하는 오뜨 뀌진haute cuisine의 영향력이 감소함에 따라 상대적으로 실용적이고 평등주의적인 미국에 뿌리를 둔 전통이 부상했다. 두 사람은 수천 건에 달하는 언론 기사를 분석한 결과 지리적 특이성, 단순함, 인간적인 관계 등과 같은 '진실성'의 특징들이 현대 음식 관련 기사에서 가장 두드러졌다는 사실을 확인했다. "진실성이라는 단어는 노골적인 속물근성과 구별할 때 사용된다"고 그들은 논문에서 밝혔다.

비일관성, 불순물, 강한 향, 병 속으로 들어가곤 하는 포도 줄기 조각과 이스트, 이 모든 것이 내추럴 와인이 상업 제품의 특색 없고 단조로운 '완벽함'의 대안임을 소비자에게 시사한다. 미세한 비대칭이 수제 가구의 차별화 요소가 되는 것과 마찬가지다. 내추럴 와인은 전통적인 와인 세계의 고루한 문화와는 달리 '숨길 것 하나 없다'는 인상을 준다. 레스토랑 와인 리스트는 마치 자신을 멍청해 보이게 할 작정으로 지리와 역사, 화학을 합쳐 놓은 끔찍한 시험 같다고 생각하는 많은 사람들에게 와인 업계의 위계질서를 뒤집거나, 적어도 그것을 무시해도 좋다는 이야기는 무척 매력적이다.

"와인의 일관성이 그다지 중요하지 않다고 마음먹는 순간 더 자유롭게 와인을 즐길 수 있게 됩니다. 와인의 결점을 찾으려 하는 대신 있는 그대로를 받아들이는 것이죠"라고 레그가 최근 내게 말했다. 우리는 영국 최대의 내추럴 와인 수입사 르 까브 드 피렌이 2008년에 문을 연 트래펄가 광장의 와인 바 떼루아Terroirs에 앉아 있었다. 주위를 둘러보니 옥스퍼드 셔츠나 정장 차림의 나이 지긋한 손님이 대부분이었고, 거의 모두가 10년 선만 해도 와인이라고는 생각하지 못했을 무언가를 잔이나 병으로 즐기고 있었다.

레그는 토양 유형이나 와인 제조법을 설명할 때는 꼼꼼한 사람이지만 완성된 와인을 실냉할 때는 느슨하고 사유분방한 편이다. 마치 교육 과정은 잘 알고 있지만, 학생들에게는 그 교육 과정을 만든 교육 제도의 타당성에 의심을 품도록 장려하는 선동적인 교사처럼 말이다. "만약 고객이 '오, 2015년

산은 2014년산과 다르네요'라고 말하면 저는 '잘됐네요'라고
답합니다. 왜냐하면 두 해는 엄연히 다른 해이니까요. 와인 제
조자가 정직하게 경작했고 인위적으로 와인의 품질을 조작하
려 하지 않는다면 와인의 맛은 항상 다를 수밖에 없거든요"라
고 그는 말했다. 누군가 그의 얘기를 듣고 내추럴 와인의 전제
를 받아들이면 그는 이어서 다음과 같이 말했다. "어떻게 보
면 원점으로 되돌아간 겁니다. 모든 것이 타당해지고 모든 것
이 나머지 다른 것들만큼 좋아진 거예요."

이 와인은 자유롭습니다

경직된 경계는 시간이 지나면 점차 유연해지기 마련이다. 내
추럴 와인도 언제까지 독자적인 시장 내에만 머물 순 없다. 시
장을 넓히고 싶어 하는 내추럴 와인 제조자들도 있고, 2016년
도 업계 보고서에서 지적한 '장기적인 청년 시장 축소'로 고
전하는 주류 와인 제조자들은 크래프트 맥주(craft beer, 소규모
양조업체가 전통 방식으로 만드는 맥주)와 증류주에 관심이 많은
젊은이들 사이에서 인기인 내추럴 와인으로부터 교훈을 얻고
싶어 한다.

영향력 있는 소믈리에 겸 작가인 이사벨 레제롱Isabelle
Legeron은 내게 내추럴 와인의 미래에 대한 비전을 말해 주었
다. 그것은 바로 '자신이 무엇을 하고 있는지 모르는 샌들 차

림의 비트족 이미지에서 벗어나는 것'이었다. 레제롱은 제품에 들어가는 것들의 기준을 보다 명확히 하고 투명성을 높이기를 주문한다. 화학 물질을 사용하지 않는 내추럴 와인 제조 과정에 도움이 될 것이라는 생각에서다. 또한 보이 클럽 시절의 불쾌한 유물인 '여성의 알몸 사진이 붙은 병'이 사라지기를 바란다(편집자 주: 포도밭 풍경이 담긴 일반 와인의 라벨과 달리, 내추럴 와인의 라벨에는 성적인 그림이 많다).

내가 제이 레이너(조심스럽게 말하자면 그는 내추럴 와인의 팬이 아니다)와 이야기를 나눴을 때 그는 내추럴 와인과 유기농 식품 운동의 성공을 비교했다. 유기농 식품은 눈에는 잘 띄지만 여전히 식품 시장의 일부만을 차지하고 있다. 그러나 유기농 식품의 부상은 주류 식품 업계가 무시할 수 없는 대조와 비평을 불러왔고, 그 결과 주류가 조금 더 유기농 성향으로 이동하게 되었다.

이와 비슷한 과정을 나는 2017년 말 세계적인 와이너리 샤토 팔머Château Palmer에서 발견할 수 있었다. 내추럴 와인 제조자들은 즉시 마실 수 있도록 비교적 가볍고 밝은 느낌의 와인을 만드는 경향이 있지만, 샤토 팔머에서는 밀도가 높고 무거운 바디에 그 잠재력을 충분히 끌어내려면 수십 년 이상 숙성해야 하는 와인을 만든다. 샤토 팔머는 요트, 자가용 항공기, 선물先物 시장에 어울리는 와인이다.

이런 와인 산업의 상층부로 내추럴 와인의 철학이 스며들고 있었다. 샤토 팔머의 CEO 토마스 뒤루Thomas Duroux는 보르도에 위치한 와이너리를 바이오다이내믹 농법으로 전환했다. 이를 위해 화학 비료와 농약의 사용을 중단하고 슈타이너의 생물학적 다양성 이론과 허브 치료로 대체했다. 2014년 뒤루는 "10년 내로 (보르도의) 주요 포도밭 모두가 같은 방향으로 나아가게 될 것"이라고 선언했다. 내가 그곳을 찾았을 때 맨땅 위에 포도나무 수천 그루가 늘어선 평상시의 삭막한 광경 대신, 건강해 보이는 초록색 풀이 포도나무 아래를 뒤덮은 광경을 볼 수 있었다. 젖소들은 풍부한 양의 천연 비료를 제공했고 양들은 포도나무 사이의 풀을 뜯어먹기 위해 인근 헛간에서 기다리고 있었다.

와인 제조 책임자인 사브리나 페르네Sabrina Pernet는 바이오다이내믹 농법으로의 전환이 단순한 마케팅 목적이 아니었음을 확인해 주었다. "소비자들은 더욱 자연적인 와인을 마시고 싶어 해요. 하지만 그것이 하나의 트렌드에 국한되지는 않아요. 지구를 훼손시키는 한 미래는 없으니까요." 지난 수년간 샤토 팔머는 와인에 첨가되는 이산화황의 양을 줄이는 실험을 해왔다. "토마스와 제가 처음으로 이산화황을 사용하지 않고 와인을 제조했을 때 그 결과는 놀라웠어요. 와인이 활짝 열려 있었고 풍부한 맛이 느껴졌거든요. 이산화황을 사용하면 닫힌 와인이 만들어지죠"라고 페르네가 말했다.

만약 이런 사례가 시장이 비판을 받아들이고 새로운 수익 모델로(내추럴 와인으로) 전환하는 것처럼 보인다면, 내추럴 와인은 몇 가지 핵심 요소 때문에 대량으로 생산할 수 없다는 점에 주목할 필요가 있다. 샤토 팔머에서 일하는 모든 사람들은 100퍼센트 내추럴 와인 농법으로 전환하려는 것이 아니라, 가능한 한 첨가물 사용을 줄이려 하는 것이라고 강조했다. "이산화황을 일체 사용하지 않으면 와인을 만들 수 없습니다. 저는 와인에 거품이 생기는 걸 바라지 않아요. 깔끔한 와인이 좋거든요"라고 뒤루 CEO는 말했다. 게다가 소규모의 내추럴 와인 생산자들과 달리 상자당 2000유로 이상의 가격을 받고 1만 상자를 팔기 때문에 실수는 용납되지 않는다.

"그게 바로 대형 와이너리의 문제죠." 샤토 팔머 남쪽으로 50킬로미터 떨어진 마르띠약Martillac 마을의 와인 제조자 시릴 두브레이Cyril Dubrey는 말한다. "와인 몇 통을 잃더라도 별문제 없다고 생각하거나, 자신이 만든 와인을 그냥 받아들여야 합니다"라고 그는 덧붙인다. 두브레이가 만든 와인은 신선하고 풍부하며 약간의 흙냄새가 난다. 샤토 팔머 와인이 지닌 밀도와 힘에는 크게 못 미치지만 그래도 맛이 매우 훌륭하고, 그의 DIY 농법에 충실하다. 두브레이의 작은 포도밭은 이웃집 마당의 농구 골대와 수영장과 맞닿아 있다.

"머리와 가슴 모두 자유로워야 합니다." 차분한 만족감 속에서 두브레이가 말했다. 그는 주류 와인 가문 출신이며 인근에서 양조학을 전공했다. 그는 전통을 버린 것을 결코 후회한 적이 없다. "저는 여기서 만든 와인이 자랑스럽습니다. 포도 외에는 아무것도 첨가하지 않았지요. 이 와인은 자유롭습니다."

저자 웬델 스티븐슨(Wendell Steavenson)은 《가디언》, 《뉴요커》, 《프로스펙트 매거진》, 《슬레이트》 등 다양한 매체에 글을 실어 온 작가이자 저널리스트다. 이집트 혁명 기간 카이로에서 거주하며 취재한 내용을 바탕으로 한 《Circling the Square: Stories from the Egyptian Revolution》 등 다수의 책을 펴냈다. 역자 안미현은 동국대학교에서 교육학과 영어영문학을 전공하고 30여 년간 영어를 가르치고, 번역했다. 우리말다운 표현을 찾는 데에 초점을 맞추고 영문 시사 뉴스를 번역하고 있다.

밀가루의 힘

슈퍼마켓 빵에 도전하라

식빵은 결코 좋은 빵이 아니라는 사실이 밝혀지고 있다. 영국의 전체 빵 소비량 중 80퍼센트는 대개 달콤하고 연한 슈퍼마켓 판매용 빵이다. 빵 포장지에는 바코드와 함께 효소 '촉진제improvers', 글루텐 첨가물, 단백질 분말, 지방, 유화제와 방부제를 포함한 성분표가 찍혀 있다. 1960년대 개발된 촐리우드 제빵법(Chorleywood process, 개발된 실험실의 명칭에서 따온 이름이다)[3]은 빵을 빠르게 굽기 위해 강철로 분쇄한 밀가루를 사용한다. 제분 과정에서 오일과 각종 영양을 함유한 미생물은 물론, 섬유소가 있는 껍질도 제거된다. 영국 정부가 밀가루에 비타민을 첨가하는 법률을 제정했을 정도로 영양학적 가치가 거의 없는 상태다.

기계화된 식품 공장은 표준적이고, 안정적이며, 운송하기 쉬운 재료를 요구한다. 그리고 표준적이고, 안정적이며, 운송하기 쉬운 상품을 만든다. 농장은 곡물의 수확량과 단백질 함량을 높이기 위해 화학 비료와 살충제를 사용한다. 농경지는 효율적인 재배를 위해 울타리와 잡목림이 제거된 단일 재배지로 정돈된다.

공장식 빵은 농업, 제조업과 운송업이 100년간 축적한 혁신의 산물로 영양과 맛보다는 효율성과 비용을 우선시한다. 빵은 영국에서 가장 많이 팔리는 식품이다. 그러나 슈퍼마켓 빵은 우리가 이제 막 비만, 질병, 알레르기를 유발한다는 사실을 알게 된 고도 가공식품 중 하나다.

대형 빵집에서 '건강한 가정식 빵'이라며 판매하는 황갈색의 통곡물 빵이나 잡곡 빵도 크게 다르지 않다. 밀 껍질이나 섬유소를 추가해도 일반적인 슈퍼마켓 빵의 기본 재료인 고도로 가공된 밀가루를 사용하기 때문이다. 대량 생산되는 통밀 제품에 함유된 글루텐 첨가물이 글루텐 과민증(글루텐을 처리하지 못하는 만성 소화 장애와는 달리 글루텐에 민감하게 반응해 나타나는 알레르기 등의 증상)을 유발한다는 증거는 많아지고 있다. 반면 재래식으로 효모를 이용해 더 오랜 시간 동안 발효하는 방식은 통곡물의 소화를 돕는다.

좋은 빵을 만들기 위해 필요한 것은 밀가루, 효모, 물과 소금뿐이다. 원래 빵은 인근 지역에서 재배되고 가공된 통밀로 만들어 맛도, 영양도 풍부했다. 대부분의 영국인과 미국인들은 오랫동안 동네에서 만들어진 빵을 먹지 않아 기억조차 없을 것이다. 곱고 흰 밀가루가 부자들의 전유물이던 시대를 지나 값싼 식재료가 된 지금도 밀가루는 여전히 하얗게 탈색되고 있다.

최근에는 현대의 식문화에 도전하려는 움직임이 나타나고 있다. 2000년대 초, 운동가이자 저널리스트인 마이클 폴란Michael Pollan은 현대인의 식단이 점점 자연과의 관계를 상실

하고 있다고 경고했다. 2010년 폴란은 가공식품 반대 운동을 주도하면서 '증조할머니가 음식으로 인정하지 않을 것은 먹지 말라'는 캐치프레이즈를 내걸었다. 또한 요리사 댄 바버Dan Barber는 지속 가능한 농업과 맛, 영양의 연결 고리를 되찾기 위해 노력 중이다. 2008년 바버는 테드TED 강연에서 현대 산업형 농업을 '자연에 대한 모욕'이라고 설명했다. 그와 동료들은 현대인들의 식습관을 바꾸기 위해 팜투테이블 운동을 대중화하며 농민들이 수확량이나 운반성보다 재료 본연의 풍미를 살리는 데 집중하도록 독려하고 있다.

2011년 유전학자 스티븐 존스Stephen Jones는 워싱턴에 빵 연구소를 설립해 맛과 향이 풍부한 새로운 곡물을 개발하기 위해 농부, 제분업자, 양조업자, 제빵사를 모았다. 2014년 존스는 새로 개발한 곡물이 일반적인 흰 밀가루 같은 취급을 받아서는 안 된다고 선을 그었다. 슈퍼마켓 빵을 '미국식' 혹은 '가공 처리된 빵'이라고 명명하고 대량 생산된 빵의 정체성이나 영양학적 특성을 구별해야 한다고 주장했다. 한편 샌프란시스코San Francisco에서는 사워도우 운동sourdough movement[4]이 시작되었고 현대식 효모 대신 주변 박테리아와 곰팡이를 효모로 사용하는 전통 발효법을 부활시키자는 목소리가 커졌다.

유명 요리 연구가 줄리아 차일드Julia Child는 영국식 흰빵에서 '크리넥스 티슈' 맛이 난다고 말했다. 우리가 흰색 슬라이스 토스트에 잼과 초콜릿 스프레드, 땅콩버터를 발라 먹는 것은 그 때문인지도 모른다. 하지만 통밀 효모 빵은 다르다. 바삭바삭하고, 껍질은 두꺼우며, 쫄깃쫄깃하고, 풍성하며, 견과 맛과 톡 쏘는 맛 등 복잡한 맛이 난다. 두툼한 빵에 버터만 듬뿍 발라도 훌륭한 점심 식사가 된다.

고대 밀 품종의 부활은 영국의 농학자, 농부, 제분업자 및 제빵사가 새로운 변화를 모색하는 데에 영감을 주고 있다. 이들은 별도의 화학 물질이 필요하지 않은 새로운 밀 품종을 개발해 재배하고, 곡물 본연의 맛과 영양을 그대로 살려 제분하며, 맛있고 건강한 빵을 굽기 위해 연대하고 있다. 이 과정에서 장인들은 화학 농법과 슈퍼마켓 빵의 압도적 영향력에 도전하고 있다. 우리의 식습관이 자연과 연결되는 새로운 공급 체계를 구축해 건강한 커뮤니티를 만들기 위해서다.

빵은 가장 기본적인 음식이다. 빵은 우리의 자연 환경이자 식탁, 가족의 전통과 종교적 축복이다. 우리가 매일 먹는 빵은 우리의 일상을 구성한다. 빵은 경제다. 생계비를 버는 가장breadwinner, 곡창 지대breadbaskets, 최저 생계비breadlines를 뜻하는 단어에 모두 빵이 들어가는 것은 우연이 아니다. 빵은 성치다. 상류층upper crust, 대중의 마음을 사로잡기 위한 인기 영합책 bread and circuses, 이익을 얻기 위한 먹잇감grist for the mill을 뜻하는 정치 용어가 모두 빵에서 유래했다. 밀 재배자, 제분업자, 제빵사가 연합해 저항한다면, 빵은 혁명의 다른 이름이 될 수도 있다.

농학자 마틴 울프 ; 현대 화학 농업에 반기를 들다

1960년대 전후 대중이 풍부한 농산품과 슈퍼마켓의 편리함에 도취되어 있는 동안 영국의 식물 병리학자 마틴 울프Martin Wolfe는 보리 곰팡이 연구에 매료되어 있었다. 당시에는 과학이 자연을 지배할 수 있다는 관념이 우세했다. 농학자들은 수확량이 높은 품종을 번식시키고 비료와 살충제 개발에 집중하고 있었다.

울프는 연구 과정에서 자연이 늘 과학을 이긴다는 점을 깨달았다. 아무리 병충해에 강한 품종을 개량한다 해도 병원체는 환경에 빠르게 적응해 식물을 공격했고 더 강한 살균제를 개발해도 병원균은 빠르게 저항력을 키웠다.

울프는 외골수였고 추진력이 강했으며, 거의 집착적이었다. 가족들이 책상에서 연구에 몰두하는 그를 저녁 식사 자리로 끌어내는 게 가장 힘들었다고 불평할 정도였다. 그는 일찍이 비료나 살충제 같은 화학 물질 개발이 지속 가능하지 않다는 사실을 깨우쳤고 건강한 농작물을 재배하기 위해 다른 방법을 모색했다. 서로 다른 저항 유전자를 가진 품종을 번식시키는 실험에서 다양한 품종들을 한꺼번에 심으면 감염률을 현저히 낮출 수 있다는 사실을 발견하기도 했다.

1970년대에 울프는 값비싼 외제 살충제 사용을 줄이기 위해 동독의 과학자들과 협업했다. 1980년대 말에는 독일의 거의 모든 봄보리(동독이 서독 양조장에 맥아 보리를 수출해 외화를 벌었기 때문에 중요한 농작물이었다)가 울프가 개발한 농법으로 재배되었다. 하지만 베를린 장벽이 무너진 후 동독의 농부들은 다른 서유럽 국가 농부들처럼 보조금과 높은 생산량을 이유로 화학 비료를 사용하게 되었다.

"저는 항상 조금은 이방인 같은 느낌이었어요." 울프는 한 인터뷰에서 고백했다. 그는 과학자였고, 처음에는 1980년대에 시작된 유기농 운동에 회의적이었다. 그는 유기농 운동이 시계를 거꾸로 돌리는 일이라고 생각했다. 그의 최우선 과제는 미래의 환경 문제를 해결할 수 있는 새로운 작물 개발이었다. 하지만 그는 연구를 거듭할수록 작물의 저항력에 핵심적인 요소가 품종의 다양성이라는 사실을 확신하게 되었다. 지난 수십 년간 현대 농업이 제초제와 단일 재배로 제거해 버린 바로 그것 말이다. 만약 병원체가 유전적으로 동일한 작물을 공격하면 밭 전체가 말살될 수도 있었다.

울프는 은퇴를 앞두고 혼합 농업에 관한 새로운 아이디어를 실제로 구현해 보기로 했다. 혼농임업(농업과 임업을 혼합한 형태)은 1970년대, 미국의 식물 육종사 필 루터Phil Rutter가

던진 근원적인 질문 이후로 자리를 잡았다. 자연 상태에서의 지배적인 구조가 나무, 즉 다년생 식물이라면, 왜 인간은 지난 1만 년간 한해살이 작물을 개발해 왔느냐는 질문이었다. 루터는 개암나무나 밤나무 같은 견과 나무를 심으면 매년 다시 씨를 뿌리지 않더라도 (토양에) 충분한 영양분을 공급할 수 있다고 확신했다. 그의 좌우명은 '세상의 미래는 견과류'였다.

1994년 울프는 서픽Suffolk의 웨이크린스Wakelyns라 불리는 목초지 두 곳과 천장이 낮은 집 한 채를 샀다. 한때 돼지 농장과 개 사육장으로 사용하던 공간이었다. 그는 개암나무, 버드나무, 견과 나무, 목재용 나무 배치를 정교하게 계획했다. 나무 사이에는 채소, 곡물, 콩과 같은 한해살이 작물을 심었다. 웨이크린스는 혼농림의 실험장으로 구상됐다. 울프의 아들 데이비드David가 말하듯 "조금 값비싼 개인의 취미 활동" 수준이었다. 그러나 이런 상황이 오래 지속되지는 않았다. 이곳은 점차 실제 연구의 중심지가 되어 갔다.

처음에 토끼 방지 보호용 플라스틱과 함께 진흙에 심은 묘목들은 가늘고 연약했다. 이곳을 방문한 농부들은 왜 나무를 심어 땅을 낭비하는지 의아해했다. "어떤 실험도 완전히 실패하는 경우는 없죠." 울프는 이렇게 말하곤 했다. 나무가 자라고 프로젝트가 진행될수록 웨이크린스는 유럽 농림업 우수 사례로 꼽히며 사람들을 끌어모았다. 울프는 수많은 방문

객들에게 나무들이 긴 뿌리로 흙 속 깊은 곳에서 영양을 끌어오는 방식과 한해살이 농작물들이 토양 속 곰팡이 조직을 통해 영양을 공급받는 방식을 설명하며 농작물 사이로 걸어 들어갔다. 강렬한 태양 때문인지 그에게 후광이 비치는 것 같았다. 그는 한 인터뷰에서 이렇게 말했다. "나무가 작물의 성장을 방해할 것 같지만 사실은 그렇지 않습니다. 나무는 오히려 농작물을 지키고 보호합니다."

2000년에 울프는 특별한 작물을 개발했다. 울프는 식물 재배업자와 유기농 연구 센터Organic Research Centre 과학자의 도움으로 영국의 저투입 농법low-input conditions에 적합한 20종의 표본 밀을 전달받았다. 표본 중 절반은 단백질과 글루텐을 다량 함유한 품종이었고 나머지는 수확량이 높은 품종이었다. 그는 교차 교배 방법을 통해 총 190개의 새로운 품종을 개발했다. 일반적으로 식물 육종사는 품종을 살펴보고 원하는 특성을 가진 것을 골라 심는다. 그러나 이번에는 모든 품종의 씨앗들을 하나의 농장에 한꺼번에 뿌려서 몇 년 동안 재배하고, 수확하고, 다시 심었다. 울프는 이와 같은 재배 방식을 수확량yield과 품질quality의 앞 글자를 따서 YQ라고 명명했다.

개를 사육할 때와 마찬가지로, 품종을 선택하면 유전자 풀을 좁히는 결과를 낳는다. 그러나 YQ는 넓은 유전자 풀을 유지했다. 유전적 다양성은 병원균에 대한 내성뿐만 아니라 다양한 환경에서도 생존할 수 있다는 것을 의미했다. YQ의 수확량이 풍년의 고수확량 수준에는 미치지 못했지만, 울프는 강수량이 많거나 건조한 해에도, 단일 품종 농장을 완전히 쓸어버릴 질병이 발생한 해를 거치면서도 YQ의 생산량이 설득력 있는 수준으로 일정하다는 것을 보여 주었다.

울프는 YQ 방법으로 재배한 밀을 헛간에 있던 작은 전기 분쇄기로 직접 분쇄했다. 그의 아내 앤Ann은 그 밀가루로 케이크와 과자를 만들었고, 사람들은 풍부한 견과 맛을 좋아했다. 하지만 울프는 YQ 밀가루를 빵으로 만들어 줄 전문 제빵사를 찾지 못하고 있었다.

제빵 장인 킴 벨 ; 곡물 본연의 맛을 찾아 떠나다

2018년 BBC 식품농업상Food and Farming award을 수상한 영국의 신예 제빵 장인 킴 벨Kim Bel을 만나기 위해 지난해 2월 노팅엄 Nottingham으로 향했다. 나는 빵집에서 마무리 청소를 하고 있는 벨을 만날 수 있었다. 천으로 된 반다나bandana로 머리를 묶은 에너지 넘치는 그녀는 오븐 청소를 끝내자마자 밀가루 묻은 손으로 집에서 만든 루바브 케피르(kefir, 우유를 발효한 음료)를 건넸다. 열정과 피로가 뒤섞인 전형적인 제빵사의 모습이었다. 마침내 자리에 앉은 그녀에게 나는 말했다. "언젠가는 청소해 줄 사람을 두고 일할 수 있을 거예요!" 벨은 고개를 가로저었다. "허드렛일을 하기 위해 들어오는 사람은 여기 없어요. 모든 일은 스스로 알아서 하죠." 그녀의 설명에 따르면 이런 방침은 의도된 것이다. 자율성과 책임을 독려하기 위한 하나의 정책인 것이다. 그녀는 모든 제빵사가 자신의 에너지와 시간, 뜨거운 물까지 모든 자원을 소중하게 여기기를 바랐다.

나는 그녀가 만든 둥근 계피 빵을 먹었다. 끈적끈적하고 부드러우면서 바삭했다. 밤나무 꿀의 달콤함과 자연 발효가 만들어 낸 독특한 풍미를 한입 가득 느낄 수 있었다. 베어 물 때마다 다른 맛이 났다.

벨은 미술 학교에 다녔지만 예술가가 되고 싶지 않았다. 대신 몇 년간 아버지와 함께 주유소 상가에 카페나 작은 가게를 유치하는 일을 했다. 사업은 어느 정도 성공을 거뒀으나 벨은 대중을 상대로 하는 소매 시장이 앞으로는 암울해질 것이라고 예측했다. 벨은 항상 수십 개의 다양한 프로젝트를 동시에 진행했고 많은 동료들을 거느리고 있는 사람이었다. 그녀는 요리를 하고, 친구의 술집을 방문하고, 결혼식에서 음식을 준비하거나, 여성 연구소Women's Institute)에서 주최하는 마켓에 참여해 빵을 구웠다. 어느 순간, 그녀는 친구를 도와 카페를 개업하는 일을 하고 있었다.

그녀는 마이클 폴란과 댄 바버의 이야기를 읽으며 지속

가능한 농업과 맛을 연결하는 미국의 식품 운동을 알게 되었다. 그녀는 영국 사워도우 운동의 대부인 앤드류 휘틀리Andrew Whitley의 강연에서 많은 영감을 얻었다. 그는 1976년 영국 컴브리아Cumbria 멜머비Melmerby 마을에서 영국 최초로 유기농 빵집을 열었던 사람이었다. "앤드류는 자연에서 온 효모를 쓰고, 우리가 사용하는 효모와 곡물이 어디서 왔는지 이해하는 것이 빵 혁명의 시작이라는 아이디어를 강조하고 있었어요."

벨은 아주 좋은 제빵사다. 그리고 정치적인 제빵사이기도 하다. 토양의 고갈과 질병, 사회 정의에 눈을 뜬 그녀는 큰 충격에 휩싸였다. "이 모든 것이 나를 위한 것이었죠. 우리의 음식 시스템에는 문제가 있고 우리는 문제를 고쳐야 해요."

생각이 모였고, 일은 시작되었다. 노팅엄에는 예술가들의 협동조합을 유치하기 위해 작은 카페가 생겨났다. 2014년 벨은 자신이 공간과 오븐을 갖추고 있다는 사실에 생각이 미쳤다. 빵집을 여는 것이 식품 시스템의 오류와 슈퍼마켓 빵에 도전할 수 있는 가장 확실한 방법으로 보였다. 비닐봉지에 든 슈퍼마켓 빵에 맞서는 사워도우의 도전장이었다.

"어느 날 팡파르도 없이 문을 열었죠." 벨은 회상했다. "주변에 알리지 않았어요. 간판도 없었죠. 하루 종일 손님이 한 사람만 온 날도 있었어요. 게다가 그 한 명의 손님이 글루텐 과민증이었죠." 벨은 정식 제빵 교육을 받지 않았다. 그녀는 대부분의 신진 장인 제빵사들과 비슷한 방식으로 일했다. 바로 미국 샌프란시스코의 타르틴 베이커리Tartine Bakery를 모방하는 것이다. 타르틴은 인스타그램에서 커다란 구멍이 가득한 크럼(crumb, 빵의 내부 질감)으로 유명하고, 바삭바삭한 빵 껍질로 높은 평가를 받는 베이커리다.

"당신은 밀가루를 안정적인 재료라고 생각할 거예요." 벨은 내게 여러 종류의 밀가루가 든 봉투를 열어 건네며 만져보고 맛보게 했다. "하지만 제대로 만들어진 밀가루는 살아 움직이죠." 나는 밀가루가 얼마나 잘 뭉쳐지는지 보기 위해 손바닥으로 밀가루를 쥐어 보았다. 이는 수분의 함량을 측정하는 방법이다. 내가 별생각 없이 써왔던 밀가루는 창고에 얼마나 두어도 괜찮은지 확인할 수 없는 무기력한 가루에 불과했다. 그러나 오일과 미생물이 들어 있는 통곡물 밀가루는 썩기 전 몇 달 동안만 먹을 수 있다.

벨은 더 좋은 밀가루로 더 맛있는 빵을 만들기 위해 노력하는 영국 제빵업의 선구자다. 맛의 일부는 다양한 종류의 곡물에서 나온다. 스펠트 밀(spelt, 널리 재배하지 않지만 건강한 재료로 알려져 있다), 외알 밀(einkorn, 예전에는 사료로 사용했지만 지금은 거의 재배하지 않는다), 엠머 밀(emmer, 주로 사료와 아침 시리얼로 사용한다) 같은 현대 품종의 조상 격인 밀과 호밀, 메밀, 보리, 귀리 같은 곡물들을 사용한다. 밀가루 반죽과 효모균에서 나오는 천연 발효 효모에서 젖산의 톡 쏘는 맛을 얻기도 한다.

벨은 처음 빵집을 시작했을 때 영국의 고급 제분 업체인 시프턴 제분Shipton Mill에서 유기농 밀가루를 공급받았다. 그러나 그녀는 자신이 쓰는 밀가루가 어디에서 왔고 어떻게 재배되는지 더 깊이 이해하고 싶었다. 빵집의 사명과 정체성을 지키기 위해 지역에서 재료를 찾고 싶었다. 그녀는 곧 40마일(64킬로미터) 정도 떨어진 제분소에서 유기농 밀가루를 만드는 사람을 찾을 수 있었다.

제분업자 폴 와이먼 ; 풍차로 밀가루를 만들다

재계에서 수년간 일한 폴 와이먼Paul Wyman과 그의 아내 파리Fari는 14년 전 거의 즉흥적으로 턱스퍼드Tuxford 지역의 개조된 풍차를 구입했다. 사용법을 배우는 일은 쉽지 않았다. 와이먼은 '제분 밀'과 동물들에게 적합한 '사료용 밀'의 차이를 어렵게 알아내야 했고(이 둘은 단백질 함량이 서로 다르며 제빵사들은 빵 속에 더 많은 구멍이 생기는 질감을 위해 단백질 함량이 높은 밀가루를 주로 사용한다), 기계적인 문제와 갑작스러운 돌풍도 겪었다. 그는 말한다. "오래 걸리긴 했지만, 저는 꽤 훌륭한 제분업자가 되었어요."

와이먼의 아내는 주방을 맡아 직접 제분한 밀가루로 케

이크와 스콘을 만들어 팔면서 각 밀가루가 내는 맛이 어떻게 다른지를 보여 주었다. 나도 그가 생산한 턱스퍼드 골드Tuxford Gold 두 봉지를 사서 파스타부터 과자까지 밀가루로 만들 수 있는 모든 음식을 만들어 봤다. 품질 차이는 명확했다. 확실히 더 풍부하고, 더 복합적이며, 더 흥미로운 맛이 났다.

풍차를 움직이는 구조적인 특징에는 특별한 무언가가 있다. 커다란 풍차 날개는 큰 돛대를 단 배처럼 우아하고 힘차게 돌았다. 철로 만든 물렛가락이 돌 때 축과 체인, 도르래와 나무 톱니 기어가 부딪치고 쿵쾅대며 두 개의 무거운 맷돌 중심을 통과한다. 수천 년 동안 인류가 밀을 제분해 온 방식이다.

곡식을 원형의 맷돌 가운데 구멍에 붓는다. 윗돌은 매끈하고, 아랫돌에는 홈이 파여 있다. 이 홈은 밀이 제분되어 돌 바깥쪽으로 밀리게 하는 좁은 통로이고, 고운 밀가루가 가장자리를 덮을 때까지 각 곡물을 2만 번에서 3만 번 정도 빻는다. 이런 제분 방식은 기술이 구현하는 예술과도 같다. 낮은 온도에서 제분하면 미생물과 밀 껍질이 100퍼센트 포함된 통곡물이 되고 이 밀가루를 다양한 각도로, 다양한 크기의 체에 걸러 낸다. 밀가루에 상당한 양의 밀 껍질이 포함되어 있을 때를 미들링(middlings, 밀의 제분 과정에서 생기는 부산물로 입자가 가는 밀기울, 말분, 밀의 씨눈, 밀가루가 섞여 있는 상태)이라고 한다. 이 이름은 '특별히 좋지도 나쁘지도 않은 상태fair to middling' 에서 따왔다고 한다. 완전히 흰 밀가루로 추출하면 전체 곡물의 3분의 1 이상이 버려진다.

워싱턴Washington 빵 연구소Bread Lab의 스티븐 존스는 통곡물이 곡물의 필수 영양소를 가지고 있다고 설명했다. "한 알의 곡식에는 8퍼센트의 섬유질이 있는데, 흰 밀가루에는 없어요. 곡식 1킬로그램당 35~100밀리그램의 철이 있지만, 흰 밀가루는 0에 가깝습니다." 밀 껍질은 보통 동물 사료용이나 화분 분재용으로 싸게 팔린다.

존스는 세계 각국의 제빵사, 재배자, 제분업자들을 모아 매년 '곡물을 위한 모임Grain Gathering'을 개최한다. 존스는 제빵사, 맥주 양조업자, 농부와 소비자의 다양한 요구에 맞추기 위해 새로운 밀과 다양한 곡물들을 개발하는 세계적인 리더다. 최근 빵 연구소는 부드럽고 달콤한 미국 빵을 먹고 자란 소비자들을 사로잡기 위해 새로운 슬라이스 빵을 개발해 출시했다.

킴 벨은 이 심포지엄에서 존스를 여러 번 만났다. 지난 2년 동안 그녀는 영국판 곡물을 위한 모임이라고 할 수 있는 '곡물 연구소Grain Lab'를 주최했다. 14개국에서 온 150명의 농부, 제분업자, 제빵사들과 함께 마케팅, 운송 등의 비용 문제를 이틀간 논의하는 행사다.

슈퍼마켓 빵 한 덩이의 가격은 약 1파운드(1500원)이고 장인의 빵집에서 만든 빵은 서너 배 정도 더 비싸다. 가격 문제로 사워도우는 엘리트나 중산층의 전유물이 되었다. 슈퍼마켓 빵의 수익은 아주 적어서 큰 빵집은 규모의 경제를 이용해 빵을 만든다. 작은 빵집들은 높은 임대료와 인건비, 값비싼 유기농 재료, 그리고 많은 시간이 걸리는 공정과 씨름해야 한다. 제빵사들은 자신이 만든 빵의 가치를 높은 포만감(두툼한 한 조각이 당신을 아주 행복하게 한다)과 적은 양의 쓰레기로 보여 준다. 반면, 슈퍼마켓 빵은 너무 저평가되어 있어서 거의 절반은 버려진다. 우리는 농식품 산업이 아닌, 납세자들에 의해 탄생한 공업화된 식품의 실제 비용을 점점 이해하기 시작했다. 2017년 지속 가능한 식품 신탁Sustainable Food Trust의 연구에 따르면 비만과 당뇨병 등 건강을 위한 비용, 환경 정화와 보조금을 감안했을 때 우리가 구입하는 음식의 실제 비용은 매장 가격의 두 배다.

벨과 농료들은 새로운 종류의 곡물 경제 구조를 만들기 위해 지역의 공급망을 통합하는 노력을 하고 있다. 그들의 노력은 경제적 이익보다 심리적 이익이라는 문제에 직면하게 된다. 벨이 만들어 내고 있는 새로운 연결 고리들은 개인적인 차원인 경우가 많고, 예상하지 못했던 방향으로 진전되기도 한다(예를 들면, 농부들이 직접 키운 곡물로 만든 빵을 처음으로 맛

볼 때의 반응과 같은 것들이다). 벨에게는 이렇게 형성되는 관계의 질이 빵을 만드는 원료의 질만큼 중요하다.

YQ와 풍차 제분소, 제빵 장인의 만남

3년 전 어느 날, 유기농 운동가인 조시아 멜드럼Josiah Meldrum이 YQ 밀가루 한 봉지를 들고 벨의 빵집에 들어섰다. 그는 영국산 콩류를 취급하는 노퍽Norfolk의 호드메도드Hodmedod's의 공동 창업자이자 마틴 울프의 절친한 친구로, 제빵사들이 YQ에 관심을 가지도록 울프를 열심히 도왔다. 멜드럼은 벨에게 YQ의 이야기를 들려주며 빵을 구워 볼 것을 제안했고 YQ는 상대적으로 단백질 함량이 낮다고 사과하듯 설명했다. 대부분의 제빵사들은 머뭇거렸겠지만 벨은 알맞게 구워진 견과류의 풍미에 끌렸다.

처음 거친 식감의 딱딱한 빵을 만들려고 했을 때에는 반죽이 질척거려 형태를 제대로 만들 수 없었다. 벨은 효모 비율을 수정했고, 수분 함량은 높이고 온도를 낮춰 부드럽게 섞지 않고 강하게 혼합해 보았다. "시도와 실패의 반복이었죠." 그녀는 밀 고유의 풍미를 끌어내고 싶었다. 마침내 그녀는 어두운 황색 껍질에 속살이 말랑하고 폭신한 둥근 빵을 만들었고, 웨이크린스의 울프에게 보여 줄 수 있었다.

"울프가 좀 유명하잖아요." 벨은 조금 긴장했다. 둘은 거의 하루 종일 대화를 나눴다. "울프는 기뻐했어요. 20년 동안 이 프로젝트를 해왔고 과학자들도 흥미로워했지만 YQ 밀가루로 빵을 굽는 제빵사는 구할 수 없을 거라고 생각했대요." 벨과 울프는 각자의 방정식에서 비어 있었던 나머지 절반을 채울 수 있었다. 벨에게 YQ 밀은 "다양화와 탈중앙화, 종자라는 근원으로 돌아가는 일 등 제빵에 대해 생각해 온 모든 것"을 상징했다.

20세기 초부터 상업적으로 판매되는 종자는 품종에 따라 법적으로 등록해야 했다. 이를 통해 구매자들은 보호받을 수 있었고 시간과 돈을 들인 개발자들은 품종에 대한 특허 사용료를 받을 수 있었다. 그래서 종자와 식물 품종은 균일성과 안정성 기준을 따라야 했다. 그러나 YQ는 유전적으로 수천 가지의 다른 밀 품종을 말한다. '개체군'으로 알려져 있어 유럽에서 법적으로 등록하거나 거래할 수 없었다.

벨이 YQ에 푹 빠진 것은 울프가 거의 15년간 연구를 지속했던 시점이다. 프랑스, 독일, 이탈리아의 일부 농학자들처럼 미국은 계속해서 개체군을 발전시키고 있었지만 YQ는 여전히 검증되지 않은 새로운 작물에 불과했다. 2007년에서 2013년, YQ를 유럽 전역으로 배포해 다른 기후에서 어떻게 성장하는지 파악하는 실험이 진행됐다. 그 결과, 다양한 기후 조건과 다른 종류의 토양에서도 YQ의 산출량은 놀랄 만큼 안정적이었다.

울프는 EU 규정에 YQ를 판매할 수 있도록 하는 예외 조항을 추가하기 위해 브뤼셀Brussels과 웨스트민스터Westminster를 오갔다. 2014년, 그는 성공했고, 2017년 7월부터 YQ는 공식적으로 ORC 웨이크린스 개체군ORC Wakelyns Population으로 불리며 유럽에서 판매되기 시작했다.

벨은 그녀의 빵집인 스몰 푸드 베이커리Small Food Bakery에서 YQ 밀가루를 사용하고 싶었다. 그러려면 재배할 수 있는 농부가 필요했다. 그녀는 턱스포드 제분소Tuxford Mill의 폴 와이먼에게 자문을 구했다. 와이먼은 에이원A1에서 40분 거리에 있는 링컨셔Lincolnshire에 가족 농장이 있는 존John과 가이 터너Guy Turner로부터 유기농 밀을 공급받고 있었다. 폴 와이먼은 그들에게 전화해 보자고 제안했다.

터너 형제Turner brothers는 100헥타르(250에이커) 규모의 그랜지 농장Grange Farm을 4대째 운영하고 있는 농민이었다. 그들은 수십 년간 인근에서 소규모 농장을 운영하는 농민들이 경영난을 겪다가 농장을 팔아넘기는 것을 지켜봐 왔다. 2001년 그들은 유기농을 도입하기로 결정했다. "지난 30여 년 동안, 한마디로 말하면 겨우 버텼어요." 존은 말했다. 그들이 폴 와이먼에게 직접 재배한 밀을 보내기 시작한 시점은 몇 톤가량의 남는 곡식을 팔 방법을 모색하고 있을 때였다. 벨이 YQ 재배에 관심이 있냐고 묻자, 터너 형제는 답했다. "좋아요. 안 할 이유가 있나요?"

"겨울을 나는 동안, 우리는 어떻게 될지 전혀 확신할 수 없었죠." 가이가 말했다. "처음에는 매우 가늘고 빈약한 작물이었어요. 하지만 봄이 되고 날씨가 따뜻해지자, 완전히 달라지더군요. 들판 가장자리에 앉아 작물들이 자라는 것을 구경할 수 있었을 정도였어요."

"실제로 이 광경을 보기 전까지는 다양성의 진가를 모를 겁니다." 존이 말했다. 높이가 4피트인 것과 2피트인 것, 수염털이 있는 것과 없는 것, 뾰족하고 가는 수염이나 네모난 머리를 달고 있는 것, 건장하고 튼튼한 녀석과 날씬한 녀석도 있었다. 2018년 여름은 매우 건조했고 곡식을 재배하기 좋지 않은 해였지만, YQ 수확량은 이 지역에서 관습적으로 재배되던 기존 농작물의 수확량을 능가했다.

벨은 YQ를 제빵에 사용해 보라고 다른 제빵사들을 설득했고, 그녀의 곡물 연구소에서 YQ로 베이킹 시연을 했다. 선로 건축물 아래 부지에서 밀가루를 직접 제분하는 런던 필즈London Fields E5 베이커리E5 Bakery의 벤 맥키넌Ben Mackinnon이 4톤을 가져가겠다고 했다. 그는 웨이크린스 근처 농장에서 자라 울프를 알고 있었다(그는 한 달간 울프를 도와 감자를 캔 적도 있었다). 터너는 기뻤지만 런던으로 곡식을 운반하는 문제가 남았다. 터너는 자신의 사륜구동 자동차에 트레일러를 연결해 직접 운송하는 방안을 제안했다. 그는 좁은 골목에서 길을 잃었다. "벽촌에서 온 촌놈처럼 느껴졌어요." 그가 웃으며 말했다. 하지만 나는 그를 지난 150년간 아무도 하지 않았던 일을 한 사람이라고 표현했다. 바로 제분할 곡식을 런던 중심부로 직접 운반하는 농부 말이다.

지난해 4월 E5를 방문했을 때, 제빵사들은 터너 형제의 YQ를 거의 다 써서 에섹스Essex의 다른 농부로부터 YQ를 공급받기 시작했다고 말했다. 소문은 자자해졌고 YQ의 이야기와 그 맛에 제빵 장인들은 흥분했다. 2018년산 YQ는 품절되었다.

식생활과 자연의 연결 고리를 찾아서

2019년 3월 마틴 울프는 짧게 병을 앓다가 세상을 떠났다. 우리는 그동안 연락을 하고 있었고 그는 나를 농장에 초대했었다. 울프가 사망한 지 2주 후 그의 아들 데이비드와 조시아 멜드럼이 웨이크린스에서 친절하게 나를 맞았다. 찬바람이 불며 태양이 밝게 빛나는 어느 봄날이었다.

그들은 나에게 마틴의 사무실을 보여 주었다. 흩어져 있는 서류들, 흰 곰팡이가 핀 미끄러운 보릿잎들, 바닥에 널브러진 전선들, 전기톱의 부품들, 창고와 헛간에는 트랙터, 수확기와 실험용으로 개조한 온갖 종류의 엄청나게 복잡한 기계들이 있었다. "리베나(Ribena, 주스 브랜드) 병으로는 특별히 할 수 있는 게 없을 것 같은데요." 데이비드가 막대기에 붙어 있는 플라스틱 병을 가리키며 웃었다. "모든 물건이 노끈으로 묶여 있네요." 멜드럼이 거들었다. "마틴은 제대로 된 장비가 없어 아이디어를 포기하는 일은 결코 없었어요."

그리고 나무가 늘어선 길 사이로 클로버와 YQ의 녹색 풀잎들이 있었다. 나무들은 녹색과 흰색과 분홍색 꽃, 40종의 사과, 다양한 배, 자두로 알록달록했다. 진흙에는 문착muntjac 사슴과 산토끼 발자국이 있었고 개암나무에서 노래하는 개똥지빠귀도 있었다.

우리는 나무들도 막을 수 없을 만큼 세찬 바람을 맞으며 울타리를 지나 도로로 나왔다. 눈앞에는 40헥타르의 밀밭이 당구대처럼 고르고 푸르게 펼쳐져 있었다. 웨이크린스 농경지의 다채로운 아름다움과 전통적으로 경작된 밭의 풍경이 극명한 대조를 보였다.

우리는 다양성, 그리고 식물, 동물과 우리가 공존하는 자연의 복잡한 시스템이 생장에 미치는 중요성을 이해하기 시작했다. 마틴 울프는 한 인터뷰에서 작물의 가치를 평가할 때 단지 가격이 아니라 그 작물이 토양과 탄소 포집에 미치는 영향, '분위기, 아름다움, 공동체'에 미치는 영향들을 모두 계산해야 한다고 주장한 적이 있다. YQ의 이야기는 토양 건강 부터 곡물 저항성, 영양가 있는 밀가루, 맛있는 빵의 서사와 함께 지역을 풍요롭게 하는 식품 네트워크를 만들어 가는 사람들의 모습도 담고 있다.

"아버지는 항상 말도 안 되는 생각들로 가득 차 있었어요." 마틴의 아들이 말했다. 우리는 풀이 무성한 초원 끝까지 걸어갔다. 그의 아내 앤의 무덤은 수선화들 사이에 소박한 돌멩이 하나로 찾을 수 있다. 4월, 마틴은 그녀의 옆에 잠들었다.

마틴의 로비 활동 결과, YQ 밀은 2021년부터 EU의 법적인 거래 대상이 된다. 벨은 마틴을 회상하며 이렇게 말했다. "마틴은 저에게 용기를 주었어요. 작년에 그가 말했죠. '킴, 일이 벌어지고 있어. 내 인생에서 처음 보는 일이야. 곧 이뤄질 거야. 상황이 달라지고 있어.'"

저자 올리비아 프랭클린 월리스(Oliver Franklin-Wallis)는 영국의 저널리스트이자 작가다.《와이어드(WIRED)》,《지큐》,《가디언》,《타임스》등의 매체에 기고하고 있다. 2017년 '영국 매거진 에디터 협회가 뽑은 올해의 작가'로 선정된 월리스는 수많은 스타트업 창업자, 과학자, 디자이너, 영화 감독 등을 취재하고 있다.

역자 안미현은 동국대학교에서 교육학과 영어영문학을 전공하고 30여 년간 영어를 가르치고, 번역했다. 우리말다운 표현을 찾는 데에 초점을 맞추고 영문 시사 뉴스를 번역하고 있다.

유제품과 식물성 우유 사이의 기이한 전쟁

2018년 봄, 뉴욕은 갑작스럽고 이례적인, 일부 시민들에게는 재앙에 가까웠던 식량 부족 사태에 직면했다. 식품 진열 선반에는 빈자리가 생겼고, 커피숍들은 고객의 발길을 돌리기 위한 안내판을 세웠다. 트위터와 인스타그램에는 불만이 폭주했다. 뉴욕에 귀리 우유가 동나서 윌리엄스버그Williamsburg부터 할렘Harlem까지 다 뒤져 보았지만 살 수 없었다는 이야기였다.

사실 이런 품절 사태가 발생한 지역은 뉴욕만이 아니었다. 미국 전역에서 스웨덴의 식물성 우유 제품인 오틀리Oatly 부족 사태가 벌어졌다. 그다지 유명하지 않았던 소화기 전문 건강식품 브랜드에서 유제품을 대체하는 선택지로 급부상한 오틀리는 스스로도 놀라고 있었다. 오틀리는 2016년 미국 출시 이래, 뉴욕의 극소수 고급 커피숍에서 시작해 전국 3000개 이상의 카페와 식료품점에 납품하는 기업으로 성장했다. 오틀리는 생산량을 1250퍼센트까지 늘렸지만, 지난여름 오틀리의 CEO 토니 페테르손Toni Petersson은 여전히 공급량을 맞추느라 애를 먹고 있었다. "주문이 이렇게 폭주하는데 우리가 어떻게 공급량을 따라가겠어요?"

2019년에는 다행히도 다른 대안이 부족하지는 않다. 동네 슈퍼마켓에 가보면 냉장 코너에 우유의 대체품이 넘쳐나고 있다. 아몬드, 헤이즐넛, 땅콩, 호랑이콩, 호두, 캐슈너트 등 견과류뿐만이 아니다. 코코넛, 헴프씨드, 밀, 퀴노아, 완두 콩 등 당신이 떠올릴 수 있는 거의 모든 것들로 어딘가의 신생 건강식품 업체는 우유를 만들고 있을 것이다. 런던 지하철역은 새로운 식물성 우유, 또는 '밀크mylk'[유럽 연합은 포유동물이 생산하지 않은 제품에 우유(milk)라는 명칭을 사용하는 것을 금지하고 있다] 광고들로 넘쳐난다. 거의 모든 요리책이 혼합하고 짜내서 자신만의 맞춤 우유를 만드는 법을 설명하고 있다. 현재 세인즈버리Sainsbury's 마트는 약 70여 가지 식물성 우유를 판매하고 있다. 식품 업계의 펑크족이라고 할 수 있는 레벨 키친Rebel Kitchen과 루드 헬스Rude Health 같은 신생 기업들이 등장했고, 말크Malk, 밀카다미아Milkadamia, 무알라Mooala 같은 유제품 명칭을 활용한 말장난이 생겼다. 러브로LoveRaw, 굿 카르마Good Karma, 플레니시Plenish 같은 영양 제품들도 있다. "사람들이 존재하는 모든 견과류를 으깨서 우유로 만들 수 있는지 살펴보려는 것 같아요." 헴프씨드를 으깨 오일과 우유로 만드는 기업, 굿Good의 공동 소유주 글리니스 머리Glynis Murray가 말했다.

지금은 믿기 힘들겠지만 2008년까지만 해도 우유를 대체하는 음료는 주로 두유였다. 영국의 알프로Alpro, 미국의 실크Silk라는 두유가 대표적이다. 그 외의 다른 것을 원한다면, 식료품점을 뒤져서 소화제와 함께 뒤편에 방치돼 있는, 칙칙

한 의약품처럼 디자인된 유효 기간이 긴 쌀 우유팩을 찾아내야 했다. "(당시 회사는) 죽음의 통로를 지나고 있었어요." 오틀리의 글로벌 크리에이티브 디렉터 존 스쿨크래프트John Schoolcraft가 말했다. "우리 제품은 유당 불내증이나 우유 알레르기가 있는 사람들이나 찾던 제품이었죠. 당시만 해도 채식주의자들은 사회의 변방에 있었으니까요."

식물성 우유는 더 이상 비주류가 아니다. 영국 샌드위치 전문 체인점 프레타망제Pret a Manger에서 팔리는 따뜻한 음료 열 잔 중 한 잔 이상이 유기농 두유나 유기농 쌀-코코넛 우유 같은 대체 우유다. 리서치 업체 민텔Mintel에 따르면, 2015년 이후의 영국 식물성 우유 매출은 비거니즘과 같은 채식주의 열풍으로 30퍼센트 증가했다. 미국에서는 쇼핑객 절반 이상이 식물성 우유를 장바구니에 넣고 있다. 세계적으로 식물성 우유 산업은 160억 달러(19조 4448억 원)의 가치가 있는 것으로 추정된다.

한편, 우유의 수요 감소와 가격 하락으로 2013년부터 2016년 사이 영국 내 1000개의 낙농장이 문을 닫았다. 건강 식품으로서 우유의 평판은 유당 불내증 진단율 증가는 물론 항생제 사용, 동물 학대와 축산업이 환경에 미치는 악영향 등에 대한 우려로 위협받고 있다. 현재 10대들은 우유를 식물성 우유 대체품보다 덜 건강한 음료라고 생각한다. 영국 유제품

협회의 데이비드 도빈David Dobbin 전 회장은 이를 "인구학적 시한폭탄"이라 불렀다.

"소비자들은 실제로 낙농업을 신뢰하지 않아요." 민텔의 유제품 분석 전문가 캐럴라인 루Caroline Roux의 말이다. "유제품이 건강에 좋은 것인지 더 이상 확신을 못하는 거죠."

그러나 한 사업가의 말에 따르면 식물성 우유 붐은 "단순히 우유를 대체하는 것보다 훨씬 더 큰 의미가 있다." 우유를 아몬드 우유나 귀리 우유로 바꾼다는 것은 보다 신중하고 지속 가능한 생활 방식으로 전환하려는 움직임이다. 업계 비평가들에게 식물성 우유는 현대의 음식 문화를 망치는 모든 징조인 첨가물을 교묘하게 섞어 파는 견과류 음료일 뿐이다. 우유가 차지하고 있는 선두 자리를 다른 것으로 대체하려는 산업계와 한 세기 동안 건강식의 근간으로 자리 잡아 온 유제품 업계 사이에서 다소 기이한 전쟁이 벌어지고 있는 것이다. 세계의 대부분은 우유나 대체 음료 없이도 잘 살고 있다는 사실을 무시한 채 말이다.

슈퍼 푸드의 원조, 우유

우리는 태어나면서부터 젖을 믹는다. 아기들은 위에서 유당(락타아제)이라는 소화 효소를 만들어 내는데, 이 효소는 젖당을 분해하고 모유나 우유에 들어 있는 당분을 포도당과 갈락 토스라는 단당류로 분해한다. 그리고 대부분의 경우, 젖을 떼고 나면 분비되는 유당이 급격히 줄어든다. "인간의 관점에서 보면, 아니 더 나아가 포유류의 관점에서 보면, 아기 때 엄마의 모유를 소화할 수 있는 것이 정상이에요. 유아기가 지나면, 유당 분비가 멈추고 유당 소화 능력이 사라지는 유당 불내증 상태가 되는 겁니다." 영국의 대표적인 식품 알레르기 전문가 중 한 사람이자 가이즈 앤 세인트 토마스 병원Guy's and St Thomas's hospitals의 소아과 알레르기 전문 컨설턴트 애덤 폭스Adam Fox가 말했다. "그런데 소수의 성인에게서는 젖당 소화 효소 분비를 지속하는 변이가 나타나요. 북유럽과 동아프리카의 마사이족, 아랍 계통 일부에서 이런 특성이 발견되는데, 이 경우는 예외이지 규칙이 아닙니다."

우유를 소화할 수 있는 집단과 그렇지 못한 집단으로 나뉜 것은 사실 독립적인 유전 변이 과정이었다. 이런 현상은 약 1만 년 전에 일어난 것으로, 이 시기는 인류가 가축을 사육하기 시작하던 때로 추측된다. 이는 영국, 스웨덴, 아일랜드 같은 나라에서 성인 90퍼센트 이상이 아무런 부작용 없이 우유를 마실 수 있는 이유다. 그러나 동시에 전 세계 성인 3분의 2 이상은 유당 불내증으로 추정되고 있다. 유당 불내증인 사람들은 우유 한 잔만 마셔도 배가 부풀고, 복통과 설사가 유발될 수 있다(유당 불내증은 우유 알레르기와는 다르다. 우유 알레르기는 소 우유에 있는 단백질에 대한 면역 반응을 일으키는 것으로, 영국 성인의 약 1퍼센트가 이에 해당한다).

우리가 알고 있는 우유는 북유럽에서도 비교적 최근에 보급된 것이다. 갓 짜낸 우유는 냉장 처리를 하지 않으면 쉽게 상해서, 대장균이나 결핵균 같은 치명적인 각종 병원균에 오염된다. 과거 인류 역사에서 우유는 갓 짜낸 순간에 마시거나, 치즈나 요거트로 가공해서 먹는 것을 의미했으며, 액상 상태로 마시는 일은 거의 없었다. 《우유! 1만 년 동안의 식품 논쟁 Milk! A 10000-Year Food Fracas》의 저자 마크 쿨란스키Mark Kurlansky는 말한다. "로마인들은 액상 우유를 마시는 것을 야만스럽다고 생각했어요. 농장에 있는 사람들만 신선한 우유를 얻을 수 있었으니까요(이때는 소 우유를 염소나 당나귀 우유 같은 대체품보다 열등하게 여겼다)." 19세기에는 우유가 '음식 찌꺼기 우유'라 불렸다. 도심 양조장에서 나오는 더러운 부산물을 먹고 자란 소의 젖이 푸른색을 띠었기 때문이다. 이 찌꺼기 우유는 수천 명의 유아 사망과도 관련이 있었다. 20세기 초가 되어서야 비로소 우유를 병에 넣기 전 가열하여 세균을 죽이는 저온 살균이 의무화되었고, 대부분의 사람들이 우유를 규칙적으로 마실 수 있을 만큼 안전해졌다.

낙농업의 배후에 고도로 조직화된 정치력이 작용하기 시작한 것은 1차 세계 대전 때였다. 영국에서 배급되는 식량이 부족해졌고, 어린이 영양실조가 만연했다. 당시 부상하던 영양 과학 분야는 높은 단백질 함량에다, 이후 비타민으로 불린 '필수 아민vital amines'이라는 새로운 영양소도 풍부한 우유를 잠재적 해결책으로 주목하기 시작했다. 정부의 가격 통제 정책 덕분에 우유는 공급 부족 사태를 겪지 않았다. 데보라 발렌즈Deborah Valenze는 《우유: 지역적이고 세계적인 역사Milk: A Local and Global History》에서 "소비자들은 우유의 기적을 기록한 엄청난 프로파간다의 홍수를 목격했다"고 밝혔다. 우유는 무한한 칼슘, 단백질, 비타민의 공급원인 슈퍼 푸드의 원조가 되었다. 1946년 영국의 클레멘트 애틀리Clement Attlee 정부와 미국의 해리 트루먼Harry Truman 정부 모두 우유를 학교에 무상 제공한다는 내용의 법안을 통과시켰다. 영국의 우유 마케팅 위원회 같은 업계 제휴사들은 우유의 이미지를 강화하기 위한 홍보 활동에 착수했다. 가장 최근에는 미국에서 "우유 마셨어요 Got Milk?" 캠페인에 비욘세 같은 유명인부터 개구리 캐릭터 커밋Kermit까지 우유 콧수염(우유를 마신 후 윗입술 위에 묻은 우유 자국이 콧수염과 비슷하다고 해서 생긴 표현)을 묻히고 등장했다. 메시지는 명확했다. 아이들을 튼튼하고 건강하게 키우고 싶다면, 우유를 마시게 해야 한다는 것이다.

오늘날 유제품 산업 시장의 규모는 4000억 달러(484조 2000억 원) 이상이며, 우유 산업은 전 지구에서 2억 7400만 마리의 젖소 군단이 동원되는 고도로 조직화된 거대 산업이 되었다. 정치인들이 우유와 얽히기도 한다(마가렛 대처가 교육부 장관으로 재직하던 1971년, 7세 이상의 아이들에게 우유 무상 급식을 중단하는 가혹한 조치를 취했을 때 그녀는 '우유 날치기꾼'으로 낙인찍혔다). 그러나 이제 다수 소비자들에게 우유의 매력은 줄어들고 있다. 1975년 미국인들은 1인당 연간 247파운드 (130리터)의 우유를 소비했지만 2017년에는 겨우 149파운드 (66리터)로 감소했다. 미국에서 우유 매출은 2012년 이후 15퍼센트 하락했다.

우리가 하루에 소비하는 음료의 종류별 비율을 나타내는 산업 용어인 '목구멍 점유율share of throat'은 청량음료, 주스 및 스무디, 심지어 생수에 점령당했다. 우유의 입지는 서서히 약화되어 왔다. 하지만 이 음료들 중 어떤 것도 우유를 실존적으로 위협하지는 못했다. 대대적인 마케팅으로 우유가 건강에 유익하고 좋은 영양식이라는 사회적인 인식이 자리 잡았기 때문이다. 그러나 이제 더 명확한 표적을 공략하는 효과적인 마케팅 전략이 등장하면서, 유제품이 가진 그 건강한 광채는 점점 퇴색되어 갔다.

인터넷은 동물 권리 운동가들에게 새로운 활동 영역을 제공하고 있다. 유튜브에서 '유제품dairy'을 검색하면 젖소의 고통을 그래픽으로 상세히 설명하는 '유제품은 무섭다(조회 수 500만)' 같은 제목의 영상들이 무차별 공격을 가할 것이다. 넷플릭스 역시 이전에 볼 수 없었던 〈카우스피라시Cowspiracy〉나 〈몸을 죽이는 자본의 밥상What the Health〉 같은 다큐멘터리를 시청자에게 제공하고 있다. 동물 학대 외에도 낙농업이 환경에 치명적이라는 증거는 많다. 낙농업은 항공과 선박, 도로 위의 자동차들을 모두 합친 것보다도 더 많은 온실가스를 배출하고 있다. 옥스퍼드대학교가 주도한 최근 연구는 채식주의 식단을 준수하는 것이 우리의 환경 발자국(의식주에 필요한 자원을 생산하고 폐기하는 데 드는 비용을 토지 면적으로 환산하여 나타낸 지수)을 줄이는 가장 효과적인 방법이라 주장했다.

식물성 우유는 깨끗한 식습관과 연관되어 지지를 받았다. 그리고 식물성 우유 열풍은 유제품을 부정적인 건강 문제에 연결시키는 결과를 가져왔다. 깨끗한 식습관은 산뜻한 피부와 화려한 이미지의 웰빙 블로거들과 인스타그램 유명인들의 지지를 받았다. 이들은 지나치게 가공된 식품이나 알레르기 유발 식품, 글루텐과 카페인, 육류와 유제품 같은 "자연스럽지 않은" 먹거리들을 배제하자고 주장했다. 이 운동의 지지자들은 여드름, 습진, 무기력, 관절통, 그리고 소화기 문제를 포함한 다양한 질병의 원인이 유당 불내증이라고 비난했다. 깨끗한 식습관을 추구하는 이들은 우유를 끊으라고 경고하며, 팔로워들을 식물성 우유 스타트업 지지 세력으로 끌어들였다. 끊임없이 등장하는 매력적인 밀레니얼 세대 인플루언서들은 땅콩 우유가 들어간 태국식 카레와 글루텐 프리 비트 빵과 같은 먹음직스러운 사진들로 인스타그램 피드를 가득 채우고 있다(업계 분석가들에 따르면, 이런 식물성 식품이 유행하는 핵심적인 이유 중 하나가 바로 인스타그램 사진이 맛있어 보이기 때문이라고 한다). 이들은 채식주의 캠페인이 지난 수년간 하지 못했던 일을 해냈다. 갑자기, 우유를 끊는 것은 단순한 건강상의 문제가 아닌 것이 되었다. 이제 우유를 끊는 것은 가장 좋은 방식의 삶, 가장 아름다운 삶을 사는 것의 일부다.

식물성 우유를 팔아라

식물로 우유를 만든다는 개념은 완전히 새로운 것은 아니다. 중국에서는 적어도 14세기부터 두부를 만드는 과정에서 두유를 생산해 왔다. 아몬드 우유에 대한 최초의 기록은 1226년 바그다드 요리책인 《키탑 알타비크Kitab al-Tabikh》에 등장한다. "중세 요리법을 찾아보면, 우유와 아몬드 우유 중 선택하라는 표현을 자주 볼 수 있다." 식품 미시사 분야를 개척한 베스트셀러 《대구: 세계를 바꾼 물고기의 일대기Cod: A Biography of the Fish that Changed the World》의 저자 마크 쿨란스키의 말이다.

　　서구에서는 최근까지도 아몬드 우유나 두유는 채식주의자들이나 괴짜(포드 자동차의 창설자 헨리 포드는 일찍이 두유

전도사였다)들을 제외한 사람들에게는 비교적 알려지지 않았다. 1956년 초기 동물 권리 운동가 모임인 영국 채식 협회에서 부회장을 맡았던 레슬리 크로스Leslie Cross가 식물성 우유 협회Plantmilk Society를 설립했다. 낙농업의 잔인성에 반대했던 크로스는 영국에서 재배할 수 있는 농작물로 유제품을 대체할 수 있는 방법을 찾기 시작했다.

"가장 큰 문제는 유제품인 우유를 모방해서 만든 액상 음료로 어떻게 단백질을 섭취할 수 있느냐였습니다." 이 단체의 회장이었던 아서 링Arthur Ling의 아들, 애드리언 링Adrian Ling은 말했다. 당시 사진을 보면 하얀 실험실 가운을 입은 채 미소 짓고 있는 선구자들이 알 수 없는 불투명 액체가 담긴 수많은 유리잔을 검사하고 있다. "그분들은 양배추 연구를 정말 많이 했어요." 그리고 마침내 그들은 두유에 정착하게 된다. "소비자가 수백 명밖에 안 될 정도로 시장 규모가 작았습니다. 금전적 손실이 아주 컸죠."

1981년 벨기에의 젊은 식품 기술 전문가 필리페 반데무르텔레Philippe Vandemoortele는 살균한 테트라 브릭Tetra Brik이라는 새로운 포장 기술을 활용해 두유를 팔기 시작했다. "항아리와 냄비, 그라인더를 가지고 차고에서 시작했어요. 저는 어렸고 순진했죠." 현재 73세인 반데무르텔레가 말했다. 그는 자신이 만든 두유에 알프로Alpro라는 이름을 붙였다. 평가는 엇갈렸다. 동네 슈퍼마켓은 입고를 거절했다. "구매 담당자가 제가 만든 제품을 맛보더니, '와, 끔찍해!'라고 말하더군요." 그는 참고 버텼다. 현재 알프로는 세계 최대 낙농 제품 생산업체 다농Danone이 소유하고 있으며, 2017년 총매출액이 1억 8300만 파운드(2825억 원)를 넘었다.

두유는 1990년대 후반부터 본격적으로 주목받기 시작했다. 미국 콜로라도의 두유 업체 화이트웨이브WhiteWave가 놀라울 만큼 명백한 현상을 발견한 것이 계기였다. 바로 두유를 유제품이 있는 냉장 칸으로 옮기자 더 많은 사람들이 두유를 구입하게 된 것이다. 화이트웨이브의 '실크Silk'라는 냉장 두유 신제품은 센세이션을 일으켰다. 동시에 실크와 알프로를 비롯한 두유 업체들은 자사 제품을 건강 대안 식품으로 마케팅하기 위해 높은 콜레스테롤 수치와 심장병의 관련성을 나타나는 증거를 강조하기 시작했다. 어느새 두유는 모두를 위한 음료가 되었다.

두유의 빠른 성장세는 오래가지 못했다. 가장 큰 이유는 맛이 없다는 것이다. 농장 우유를 모방하기 위해 설탕과 걸쭉한 재료를 비롯한 첨가물을 추가했음에도 현재 유통되고 있는 두유 제품에서는 특유의 콩 냄새와 맛이 느껴진다. 2000년대 초반에는 두유와 관련한 건강 문제가 대두되었다. 두유는 인간의 호르몬 효과를 모방할 수 있는 화합물인 식물성 에스트로겐을 함유하고 있다. 그런데 이것이 호르몬을 교란시키고 남성들을 '여성화'시킨다는 두려움을 유발하는 연구가 발표된 것이었다. 지금까지 계속된 임상 연구들은 이런 우려가 과장되었다는 사실을 일관되게 보여 주고 있다. 하지만 신나치주의자들은 두유가 남성들을 무력화시키기 위한 자유 진영의 음모라는 이론을 계속 밀어붙이며 "소화력의 우월성"을 보여 주기 위해 우유를 마시자는 집회를 이어 오고 있다.

2008년 캘리포니아에서 아몬드 농사를 짓던 농부들의 대규모 협동조합인 블루 다이아몬드 재배업자들Blue Diamond Growers은 기회를 감지했다. 이들이 만든 아몬드 브리즈Almond Breeze라는 아몬드 우유는 당시 미국의 인기 두유 제품인 실크에 오랫동안 뒤처져 있었다. 블루 다이아몬드의 마케팅 이사 알 그린리Al Greenlee는 이렇게 말했다. "실크와 경쟁하려면 우리 제품도 냉동 칸에 진열해야 한다는 걸 알고 있었죠." 슈퍼마켓 진열 공간은 꽉 차 있었고, 신제품을 진열하기 위해서는 높은 수수료를 내야 했다. 냉장 진열대의 화려하고 비좁은 칸은 특히 경쟁이 치열했다. 그 당시 실크의 소유주는 거대 유제품 기업 딘 푸드Dean Foods였는데 실크를 우유와 나란히 진열하기 위해 영향력을 행사하고 있었다. "그래서 우리도 비슷한 전략으로, 미국 내에서 두 번째로 큰 유제품 업체와 파트너십을 맺었죠." 블루 다이아몬드는 유당 불내증의 유전적 발생

빈도가 더 높은 히스패닉들이 많이 사는 플로리다 지역을 겨냥해 아몬드 우유 판매를 시작했다.

한편, 캘리포니아 아몬드 업계도 대대적인 마케팅과 자금 지원, 그리고 아몬드의 건강 관련 효능을 보여 주기 위한 새로운 연구, 광고 및 출판 사업에 착수했다. 효과는 즉각 나타났고 세련된 잡지들이 아몬드를 '슈퍼 푸드'라고 선언했다. 아몬드 브리즈의 큰 성공 이후 2년이 채 되지 않았을 때, 실크는 이런 추세를 따라잡기 위해 자체 아몬드 우유를 출시했다. 2013년까지 아몬드 우유는 두유를 제치고 미국에서 가장 잘 팔리는 식물성 우유로 자리 잡았다.

아몬드 우유에서 귀리 우유로

지금과 같은 포화 상태의 시장 환경에서 신상품이 눈에 띄기 위해서는 특별한 무언가가 필요하다. 호주에서 만든 너티 브루스Nutty Bruce라는 우유는 '활성 아몬드'를 자랑하는데, 이는 현재 유행하는 숯 열풍(강하게 가열한 후 산화시킨 '활성' 숯은 디톡스 식품으로 시판되고 있다)의 연장선에 있다. 하지만 자세히 살펴보면 아몬드를 평소보다 약간 더 오래 물에 담근 것일 뿐이다. 리플Ripple이라는 샌프란시스코 스타트업은 향이나 색의 변화 없이 노란 완두콩에서 단백질만 분리해 내는 첨단 기술을 개발했다고 주장한다. 뉴욕에 본사를 둔 생산업체 엘름허

스트 밀크트Elmhurst Milked의 수석 과학자 셰릴 미첼Cheryl Mitchell
은 그녀의 특허 추출 공법을 신나게 이야기했는데, 고압수를
이용하여 껍질을 벗기는 방법으로 견과류와 콩류의 단백질을
유지하면서 분쇄할 수 있다는 것이었다.

미첼은 존경받는 식품 기술 전문가 집안 출신이다. 그
녀의 아버지 빌은 쿨 휩Cool Whip이라는 휘핑크림 유사 제품과
팝 락스Pop Rocks라는 입안에서 튀는 캔디, 그리고 탱Tang이라는
과일 향 음료를 개발했다. 1980년대 그녀는 라이스 드림Rice
Dream 개발을 도왔다. 엘름허스트 생산 업체는 90년 동안 유제
품을 만들었다. 전성기에는 맨해튼 전역의 공립 학교와 스타
벅스 매장에 납품했다. 그러나 2016년 소들을 모두 처분하고
식물성 우유 사업으로 전환하여, 현재 11종의 제품을 판매하
고 있다. 미첼은 말했다. "조만간 옥수수 우유가 나올 거예요.
노란색이지만 항산화 물질이 블루베리보다도 많답니다."

모든 식품 영양소에는 추종자가 존재하는 듯하다. 런던
에 본사를 두고 있는 코코넛 음료 제조업체인 레벨 키친의 설
립자 타마라 아비브Tamara Arbib는 나에게 이렇게 말했다. "우리
는 존재 방식에 대한 철학을 전파하기 위해 이곳에 왔어요. 자
연과 더 조화롭게 공생할 수 있는 방법 말이죠." 레벨 키친은
2014년에 밀크라는 제품을 출시했는데, 코코넛과 쌀, 그리고
캐슈너트를 혼합한 것이다. "저는 사람들이 각자 혈액형에 맞

는 음식을 먹는 것을 신봉합니다. 대부분의 혈액형에 유제품은 맞지 않아요."

지난 7월, 나는 영국에서 가장 유명한 식물성 우유 스타트업 중 하나인 런던의 루드 헬스를 방문했다. 카밀라 바너드 Camilla Barnard와 닉 바너드Nick Barnard가 2005년에 설립한 루드 헬스는 뮤즐리 판매로 시작했지만, 순식간에 작은 건강식품 제국으로 성장했다. 북적이는 브런치 시간이 끝나 갈 무렵, 루드 헬스 카페는 캐슈너트 라떼를 홀짝거리고 있는 건강해 보이는 전문직 종사자들로 가득했다. 날렵한 용모와 은발에 흰색 캐주얼 셔츠 차림을 한 닉은 콤부차kombucha를 주문했다. 카밀라는 "나는 유제품을 먹는다"고 은밀하게 말했다.

루드 헬스는 2017년 언론의 부정적인 조명을 받았다. 회사 블로그에 지속 가능한 유제품을 홍보하는 글을 올렸다가 일부 채식주의자들이 격분한 것이다. 카밀라는 말했다. "우리는 유제품이 없어져야 한다고 생각하지 않았는데, 사람들은 우리가 유제품에 반대할 것이라 생각했던 것 같아요. 우린 그저 하던 대로 계속 했어요. 좋은 품질의 제품을 만드는 데 집중하면서요." 이 에피소드는 루드 헬스의 마케팅 전략을 재고하게 만들었다. 그리고 그들은 채식주의자만을 위한 브랜드가 아니라는 것을 분명히 했다. "왜 모든 것이 마법의 약 아니면 나쁜 것으로 취급받아야 하나요? 왜 항상 어떤 것에

동조하거나 반대해야만 하는 거죠?"

　　루드 헬스는 2013년 귀리, 현미, 아몬드 세 가지 맛을 출시하면서 식물성 우유 시장에 뛰어들었다. 현재 호랑이콩, 캐슈너트, 헤이즐넛과 카카오 등을 포함해 열 가지 상품을 판매 중이다. 우리는 시음을 위해 매장 근처의 회사로 걸어갔다. 경쟁사 제품과 식물성 재료 전문 요리책들이 선반에 진열되어 있었다. 닉은 다양한 베이지색 음료들을 작은 유리잔에 조금씩 따랐다. 많은 식물성 우유는 액상을 더 하얗고 불투명하게 만들기 위해 초크라는 탄산 칼슘을 첨가한다(칼슘이 추가된다는 사실은 좋은 점이다). 카밀라는 이 식물성 우유들의 색깔은 자연스럽게 나온 것이라고 강조했다. 우리는 몇 가지를 시음했다. 코코넛 우유는 바운티 초콜릿이 물에 녹은 것처럼 달콤했다. 헤이즐넛 우유는 다소 과한 느낌이 들 정도로 기분 좋게 진했다. "톤도 젠틸레Tondo Gentile입니다. 미식가용 헤이즐넛이죠." 닉이 자랑스러워하며 말했다.

　　그에 비해 아몬드는 옅은 맛이 났다. 이들이 만드는 레귤러 아몬드 음료에는 현미와 '착즙' 해바라기 오일과 천일염이 들어 있지만, 루드 헬스는 얼티밋 아몬드Ultimate Almond라는 제품도 판매하고 있다. 아몬드와 물만 섞은 이 제품은 순수한 식물성을 추구하는 사람들을 겨냥한 것이다. 카밀라는 "극단적인 영역의 시장도 있다"고 말했다.

오늘날 판매되는 식물성 우유 중 아몬드 우유가 차지하는 비율은 약 3분의 2에 달한다. 그러나 아몬드 우유는 평판의 위기를 겪고 있다. 한 가지 문제는 환경이다. 아몬드 한 알(기술적으로 한 알이 아닌, 하나의 씨앗)을 키워 내는 데 4.5리터의 물이 사용된다. 세계 아몬드의 10분의 8을 재배하는 캘리포니아에서는 전체 물 공급량의 약 10퍼센트가 아몬드 재배에 투입된다. 가뭄에 자주 시달리는 이곳에서는 논쟁을 일으키는 문제다.

소비자들은 대부분의 아몬드 우유에 들어 있는 실제 아몬드 함량이 아주 적다는 문제를 지적한다. 실크와 알프로 모두 아몬드 함량은 2퍼센트에 불과하다. "실제로는 물에다 오일과 다량의 설탕과 점액질을 넣은 다음, 마지막으로 견과류를 조금 얹은 수성 액상이에요." 엘름허스트의 셰릴 미첼은 말했다. "비즈니스 모델로서 굉장히 매력적이죠. 언제든 물을 팔 수 있는 거잖아요, 그렇죠? 업체늘이 하고 있는 일의 본질이 그렇습니다." 내가 이야기를 나눈 업계 관계자들도 아몬드 우유는 이제 그 수명이 끝난 것 같다는 데 동의했다. 현재 뜨는 제품은 코코넛과 귀리다.

2012년 페테르손이 오틀리 CEO에 취임할 당시만 해도, 스웨덴 밖에서 귀리 우유를 들어본 사람은 거의 없었다. 오틀리는 룬드내학교 연구원이었던 리카르드 외스테Rickard

Öste가 1994년에 설립했다. "귀리는 정말 좋은 작물이에요. 어디에서나 재배할 수 있으니까요." 페테르손이 말했다. "귀리는 탄수화물과 지방, 단백질, 그리고 섬유질도 포함하고 있어요." 그는 귀리 우유와 비교하면, 아몬드 우유는 그냥 "맛있는 식물 주스"라고 덧붙였다.

올해 50세이며 머리가 검고 날씬한 체형의 페테르손은 귀리 우유의 이미지를 재창조하기 시작했다. 그는 자신의 사업체를 운영하고 있던 마케팅 광고 전문가 존 스쿨크래프트 John Schoolcraft를 영입했다. 콘셉트는 간단했다. 스쿨크래프트는 "유당 불내증이 아니라면, 왜 굳이 우리 제품을 찾겠느냐"고 말했다. 두 사람은 새로운 포장 디자인을 선보였다. 1990년대 풍의 요란스런 스타일에서, 밀레니얼 세대에게 친숙한 모습으로 탈바꿈한 것이다. 오틀리는 자사 제품명을 '귀리-스럽게!Oat-ly!'로 새롭게 스타일링 했으며, 포장 상자 측면에는 오틀리 직원들이 쓴 80개가 넘는 메시지들 중 하나를 인쇄했다. 그 메시지들은 독자들에게 "탈우유post-milk 세대"의 일원이 된 걸 축하한다거나, 약간 반어적으로 "추종자 집단the cult"에 동참한 것을 환영했다.

오틀리의 결정적인 한 방은 바리스타 에디션Oat Drink-Barista Edition을 출시한 것이었다. 식물성 우유 대부분은 뜨거운 음료에 넣으면 분리되는데, 거의 대부분의 제조사들이 산도 조절제와 첨가물을 사용하기 때문이다. 그리고 우유 같은 거품이 나지 않는다(이는 식물성 단백질 때문이다). 오틀리는 바로 거기에 강점이 있었다. 거품이 나는 데다, 귀리 맛의 대부분은 커피에 가려지기 때문이다. 페테르손과 스쿨크래프트는 슈퍼마켓들은 무시하고 뉴욕 브루클린과 런던의 쇼디치 같은 힙한 지역의 커피숍들을 공략하기로 했다. "물량은 소매업에서 나오지만, 수요 창출은 커피숍이거든요." 페테르손이 설명했다. "소비자들이 좋아하는 환경에서 처음으로 귀리를 맛보고 경험해 볼 수 있게 한 거죠."

"굉장히 인상적이었어요." 전직 바리스타이자 비건 커피 브랜드인 마이너 피겨스Minor Figures의 공동 창업자 스튜어트 포사이스Stuart Forsyth가 말했다. "오틀리는 귀리를 섹시한 것으로 만들었어요."

식물성 우유의 불확실성

오틀리의 성장에 논란이 없었던 것은 아니다. 2015년 스웨덴 유제품 업계는 오틀리를 고소했다. "우유와 비슷한, 하지만 사람을 위해 만든 것Like milk, but made for humans"이라는 광고 문구가 우유를 부당하게 폄훼했다는 것이다. 오틀리는 패소했지만 페테르손과 스쿨크래프트는 스웨덴 밖에서 이 선전 문구를 계속 사용했다. "이 문장은 이미 모두가 알고 있는 사실을 말하는 거예요. 우유는 소가 송아지를 키우기 위해 만들어지는 겁니다." 스쿨크래프트가 말했다.

식물성 우유가 정말로 소가 만드는 우유의 건강한 대용품인지는 치열한 논쟁의 대상이다. 하찮은 문제가 아니다. 2017년 6월 벨기에의 한 부부는 생후 7개월 된 아기에게 유아용 분유 대신 귀리와 퀴노아 우유를 먹인 뒤, 아기가 사망했다는 이유로 유죄 판결을 받았다. 건강식품 가게를 운영하던 이 부부는 아이가 유당 불내증이라 믿고 의학적 치료 방법을 찾기보다 민간요법의 조언을 따랐던 것이다.

수많은 논쟁은 식물성 우유에 비타민을 추가해 우유 수준으로 영양을 강화해야 하느냐 하는 문제로 귀결된다. 오틀리는 세계보건기구WHO 지침에 따라서 비타민을 강화하고 있고, 루드 헬스는 그렇게 하지 않고 있다. 루드 헬스의 설립자 카밀라 바너드는 말한다. "뭔가를 강화하기 시작하면, 우유인 척하는 거죠. 전 그렇게 하고 싶지 않아요. 정직하지 않은 것처럼 느껴지거든요." 많은 식물성 우유 업체들은 영양소 추가보다 유기체의 '순수성'을 (가격이 비싸더라도) 선택한다. 토양협회Soil Association가 인위적으로 영양소를 강화한 제품에는 유기농 인증을 해주지 않기 때문이다. 칼리피아 농장Califia Farms의 무가당 아몬드 우유는 우유병에 "우유보다 50퍼센트 더 많은 칼슘"이라는 문구를 써넣고 있지만 비타민 D, B12, 리보플래빈 등 우유나 강화 식물성 우유에 함유된 영양소들은 빠져 있다.

30년 이상 우유를 연구해 온 퍼듀 대학교의 영양학자 데니스 사바이아노Dennis Savaiano 교수는 "제품들 간의 차이가 아주 크기 때문에, 소비자들이 포장의 정보를 읽고 이런 우유들의 차이점을 이해해야 한다"고 말한다.

대부분의 식물성 우유가 소비자들에게 전달하고자 하는 메시지는 그 안에 어떠한 물질도 첨가되지 않았다는 것이다. 유제품 무첨가, 설탕 무첨가, 대두 무첨가, 글루텐 무첨가, GMO 무첨가, 비스페놀 A 무첨가처럼 말이다. 어떤 경우에는 '무첨가' 항목이 성분표보다 길다. 칼리피아 농장은 카라기난 carrageenan 무첨가라는 점을 내세우고 있는데, 카라기난은 유럽 연합과 미국 식품 의약품 안전청, 그리고 세계 보건 기구도 안전성을 인정하여 널리 사용하는 식품 첨가제다. 이런 현상은 오늘날의 식문화에 대한 불신을 반영하는 대표적인 사례라고 할 수 있다. 우리는 식품에 들어 있는 성분에서 들어 있지 않은 성분으로 구매의 기준을 바꾸고 있다.

"우리 제품의 종류를 보시면, 좀 정신이 없죠?" 페테르손도 인정했다. "귀리 우유의 정의는 뭘까요? 귀리 우유와 두유, 그리고 아몬드 우유와 쌀 우유 등을 비교해 보세요. 이 제품들이 전부 식물성 우유인가요, 아닌가요? 진실은 아무도 모릅니다."

그런 불확실성에 대항하고, 신생 기업들로부터 기존의 유제품 산업을 보호하기 위해서 미국 위스콘신주의 한 상원 의원은 2017년 유제품 자부심DAIRY PRIDE이라는 이름의 법안을 발의했다. '요거트와 우유, 치즈의 모방과 대체를 방지하고 매일 규칙적인 유제품 섭취를 권장한다Defending Against Imitations and Replacements of Yogurt, Milk and Cheese to Promote Regular Intake of Dairy Everyday'의 이니셜을 딴 법안이다. 이 법안은 유제품을 가장한 식물성 음료를 금지하는 내용이다.

레벨 키친의 타마라 아비브는 "영양 문제로 반드시 우유를 마셔야 하는 사람은 없다"고 말했다. "성인들은 음료에서 조금 더 부드러운 맛을 느끼기 위해서 우유를 넣죠." 전후 아동의 영양실조 걱정은 아동 비만 걱정으로 바뀌었다. 우유를 마실 수 없는 세계 인구의 3분의 2가 골다공증이나 구루병으로 고생하는 것도 아니다. 사실 이런 병이 발생하는 비율은 유럽보다 (우유를 덜 마시는) 중국과 일본에서 더 낮다.

"많은 과학자들은 아이들이 우유를 마셔야 한다는 주장을 믿을 수 없다고 생각해요. 우유가 크고 튼튼하게 만들어준다는 생각은 분명히 가짜죠." 음식 역사학자 마크 쿨란스키는 이렇게 말한다. "다른 한편으로 우유는 나쁘니까 아몬드 우유나 두유 같은 걸 마셔야겠다고 생각하는 것도 가짜이기는 마찬가지예요. 왜냐하면 완전히 다른 식품이니까요."

건강에 대한 불안과 대체 식품

내가 대화를 나눈 영양학자들은 우유가 예전처럼 건강한 식
품임을 강조했다. 사실 우유가 지금보다 더 안전했던 적은 없
다. 사바이아노 교수는 "과학적 관점으로 봤을 때, 우유를 나
쁜 식품으로 볼 만한 데이터는 없다"고 말한다. "우유가 함유
하고 있는 영양소는 풍부해요. 칼슘, 단백질, 리보플래빈과 칼
륨의 훌륭한 섭취원이죠. 그래서 우유가 영양가 있는 식품이
아니라고 주장할 수는 없어요." 건강 전문가들 역시 유당 불
내증을 자가 진단하는 사례가 증가하고 있다는 데에는 대부
분 동의했지만, 실제로 유당 불내증이 늘었다는 확실한 데이
터는 없다고 지적했다.

하지만 식물성 우유 붐은 영양에만 관련되어 있는 것은
아니다. 윤리적이고 식물 친화적인 삶을 지향하는 움직임이
나타난 것도 처음은 아니다. "그런 것들에 대한 관심이 많아
지긴 했지만, 판매에 있어서는 부차적인 특성입니다." 식물성
우유 성장세를 관찰해 온 식품 산업 분석 기업 뉴 뉴트리션
비즈니스New Nutrition Business의 이사 줄리언 멜렌틴Julian Mellentin이
설명했다. 식물성 우유 구매자의 90퍼센트가 여전히 치즈나
아이스크림 같은 다른 유제품을 구매하고, 치즈나 아이스크

림 산업 모두 계속 성장하고 있다는 것이다. 소비자들을 식물성 우유 쪽으로 몰고 가는 힘은 더 거대하다. 우리 몸에 무언가 좋지 않은 일이 벌어지고 있다는 집단적 불안감의 표출인 것이다. 우리는 더 건강하고 행복할 수 있는데, 어쩌면 그래야만 하는데, 그렇지 못하다면 무언가가 비난당해야 마땅하다.

"유제품 불내증이나 글루텐 과민증, 그리고 그런 종류의 증상을 가진 사람들은 아주 많아요. 하지만 이런 현상은 사실 지금까지 살아온 방식 자체에 대한 거부감에 가깝다고 생각합니다." 아비브는 말했다.

우유에 대한 커지는 의혹은 어쩌면 거대 농업과 영양 과학에 대한 믿음이 사라지고 있다는 증거일지도 모른다. "사람들은 식생활 지침이 바뀐 것을 알고 있어요." 멜렌틴이 말했다. 처음에는 포화 지방이 우리를 죽이고 있다고 했지만, 지금은 설탕이 최고의 적이다. 달걀과 견과류는 나쁜 콜레스테롤의 근원이었지만, 지금은 슈퍼 푸드가 되었다. "그러니까 당연히 사람들은 회의적이 되어 가는 거죠." 멜렌틴이 덧붙였다. "계속 바뀌는 전문가의 이야기를 누가 듣겠어요?" 과학 이론이 어떤 식으로 작동하는지는 중요하지 않다. 과학도 변한다. 그러니 누가 혈액형과 유당 불내증 사이에 관계가 없다거나, 카라기난이 불안감의 원인이 아니라고 말할 수 있겠는가? 멜렌틴은 새로 생겨난 유당 불안을 반드시 의학적으로 진단할 필요는 없지만 완전히 무시할 수 있는 것도 아니라고 말했다. "알레르기와는 상관이 없어요. 사람들이 어떻게 느끼는지, 또 어떻게 하면 사람들 기분이 더 나아지는지와 관련이 있는 거죠." 이런 생각에 반박하기는 쉽지 않다.

최근 오틀리는 식물성 우유의 다음 시장으로 중국을 주목하고 있다. 중국 대기업으로부터 비공개 투자를 받아 2016년부터 중국 사업을 시작했는데 매출 전망이 밝다. 중국의 우유 수요는 갈수록 커지고 있고, 중국 업체들은 식물성 우유와 유당 무첨가 대체 식품에 많은 투자를 하고 있다. 오틀리에게 중국 시장을 정복하는 것은 사업 이상의 윤리적 의무이기도 하다. "환경적으로 발생할 수 있는 가장 나쁜 일은 중국인들이 농장 우유를 마시기 시작하는 겁니다. 왜냐하면 현재 지구상의 젖소들로는 그만한 수요를 감당할 수 없기 때문이죠." 오틀리 CEO 토니 페테르손이 말했다. 오틀리는 최근 경쟁이라는 시험대에 올라 있다. 퀘이커Quaker가 귀리 음료 제품군 출시 계획을 발표했고, 2019년 1월에는 실크도 자체 귀리 브랜드인 오트 예Oat Yeah를 출시했다. 페테르손은 "귀리 음료는 그 자체로 하나의 산업 분야가 될 수 있다고 생각한다"고 말했다.

다른 식물성 우유 업체들은 더 신중하다. 해독 주스나 코코넛 오일의 사례처럼, 건강식품 과대광고들이 얼마나 빠르게 사라지는지는 누구나 알고 있다. 현재는 콤부차가 소화가 잘되는 식품 치료제로 입지를 굳히고 있다. "식물성 우유의 인기도 길어야 3년에서 5년 정도면 사그라질 걸요." 멜렌틴이 단호하게 말했다.

저자 비 윌슨(Bee Wilson)은 영국의 푸드 저널리스트이자 작가다.《The Way
We Eat Now》,《식습관의 인문학》,《포크를 생각하다》등을 썼다.《월스트리
트저널》에 월간 푸드 칼럼을 연재하고 있다.

역자 전리오는 서울대학교에서 원자핵공학을 전공했다. 대학 시절 총연극회
활동을 하며 글쓰기를 시작해 장편 소설과 단행본을 출간했다. 음악, 환경, 국
제 이슈에 많은 관심이 있으며 현재 소설을 쓰면서 번역을 한다.

베이컨이라는 발암 물질

내가 가끔 들르던 작은 카페에서 파는 베이컨 샌드위치는 정말 맛있었다. 부드럽고 폭신한 하얀 빵 사이에 베이컨이 들어있었다. 동네 정육점에서 두툼하게 잘라 온 베이컨의 식감은 바삭함과 쫄깃함의 중간쯤이었다. 샌드위치를 주문하면 작은 유리병에 담긴 케첩과 HP소스가 함께 나와서 원하는 만큼 뿌릴 수도 있었다. 그것만으로도 충분했다. 빵과 베이컨, 소스. 몇 주에 한 번씩 들러서 진한 커피와 함께 먹는 샌드위치는 나의 소소한 즐거움이었다.

그런데 어느 순간부터 이 샌드위치가 내게 위안을 주지 못하게 됐다. 2015년 10월의 몇 주 동안, 내 주변 절반 정도의 사람들이 베이컨을 먹으면 암에 걸릴 수 있다는 뉴스에 대해 이야기를 했다. 그 뉴스를 모르고 지나칠 수는 없었다. 모든 신문과 인터넷에서 대문짝만하게 다루고 있었기 때문이다. 한 저널리스트는 《와이어드Wired》 매거진에 이렇게 썼다. "지금 인터넷에서 가장 뜨거운 두 단어는 베이컨과 암이다." BBC 웹사이트는 조금 무미건조했다. "가공육이 암을 유발한다." 반면에 《더 선The Sun》은 "죽이는 소시지"와 "주방의 살인마"라는 제목을 달았다.

이 이야기는 WHO가 가공육을 1급 발암 물질로 분류하면서 시작됐다. 즉, 가공육이 암을 유발한다고 확신할 수 있는 충분한 과학적 근거가 있다는 것이다. WHO는 대장암에 대해서는 연관성이 더 확실하다고 밝혔다. WHO가 지적한 대상은 영국의 베이컨만이 아니었다. 이탈리아의 살라미 소시지, 스페인의 초리조, 독일의 브라트부르스트 등 엄청나게 많은 식품들이 지목되었다.

건강을 염려하는 것은 흔해 빠진 일이지만, 이번에는 그냥 지나치기가 쉽지 않았다. WHO의 발표는 10개국 암 전문가 22명의 조언을 받은 결과였다. 전문가들은 가공육에 관한 400여 건 이상의 연구들을 검토했고, 검토 대상이 된 연구들에는 수십만 명으로부터 얻은 역학 데이터가 포함되어 있었다. 이제 '가공육을 적게 먹어야 한다'는 말은 '채소를 많이 먹어야 한다'는 말만큼 의심의 여지가 없고 근거가 확실한 식단 조언이라고 할 수 있다. 단순히 이목을 끄는 건강 열풍이 아니라는 의미다. 모든 뉴스에서 이를 집중 보도했고, 가공육은 알코올, 석면, 담배와 같은 120가지의 발암 물질 목록에 포함되었다. 베이컨이 담배만큼이나 해롭다고 말하는 뉴스들은 셀 수 없을 정도였다.

WHO의 권고안을 살펴보면, 가공육을 매일 50그램(베이컨 몇 조각 또는 핫도그 1개에 해당하는 양) 섭취하면 대장암 발병 가능성이 18퍼센트 증가한다. 더 많이 먹으면 그만큼 위험성이 커진다. 무언가를 먹어서 암에 걸릴 가능성이 5퍼센트나 6퍼센트 정도 증가한다고 해도, 우리는 그 음식을 당장 멀리 치워 버릴 만큼 경각심을 느끼지 않는다. 하지만 가공육 때문에 전 세계에서 매년 3만 4000명이 암에 걸려 죽는다고 하면, 훨씬 더 섬뜩한 기분을 느끼게 된다. 영국 암 연구소Cancer Research UK에 따르면, 영국에서 아무도 가공육이나 붉은색 육류를 먹지 않는다면, 암 환자는 연간 8800명 줄어든다(영국의 연간 교통사고 사망자의 네 배를 살려낼 수 있는 셈이다).

이 뉴스가 더 충격적이었던 이유는 영국인의 식단에서 햄과 베이컨은 모두 빼놓을 수 없는 존재이기 때문이다. 루크 예이츠Luke Yates와 앨런 워드Alan Warde 연구원이 2012년 수집한 데이터에 의하면, 영국 성인의 약 4분의 1이 점심으로 햄 샌드위치를 먹는다. 소비자들에게 베이컨은 단순히 식품만을 의미하지 않는다. 어린 시절의 기억이며, 가정의 상징이기도 하다. 영국인이 가장 좋아하는 냄새를 조사한 연구에 따르면 영국인들은 잔디 깎는 냄새, 신선한 빵 냄새와 함께 베이컨 굽는 냄새를 가장 좋아한다고 답했다. 베이컨으로 인해 수백만 명의 사람들이 암에 걸린다는 이야기를 들을 때의 심정은 마치 우리가 매일 아침 먹던 토스트에 할머니가 몰래 독약을 끼얹고 있었다는 이야기를 듣는 것과 같았다.

채식주의자들은 베이컨 샌드위치가 어떻게 위안을 주는 음식이 될 수 있느냐고 말할 수도 있다. 대부분 좁고 불결

한 환경에서 사육되는 돼지들에게는 확실히 위안을 주지 못할 것이다. 하지만 채식주의자가 아닌 사람들에게는 우리가 사랑하는 음식 때문에 수천 명의 무고한 사람들이 목숨을 잃는다는 소식이 충격적이었다. WHO의 보고서가 보도된 다음 주에는 베이컨과 소시지 판매량이 급감했다. 단 2주 만에 영국 슈퍼마켓 체인의 매출액은 300만 파운드(47억 원) 줄어들었다[막스 앤 스펜서(Marks and Spencer, M&S)의 육류 생산 담당자인 커스티 애덤스는 "엄청난 피해가 있었다"고 말한다].

　　2015년 10월, SNS에서는 베이컨에 대한 우려를 표하는 해시태그들이 유행했다. #베이컨겟돈Bacongeddon은 그중 하나였다. 그만큼 아마겟돈 같았던 당시 상황에 두 번째 파장이 밀어닥쳤다. 한 가지는 베이컨과 담배를 비교하는 것에 오해의 소지가 있다는 주장이었다. 담배를 피우는 것이나 가공육을 먹는 것이나 해롭기는 마찬가지지만, 해로운 정도까지 같은 것은 아니었다. 좀 더 자세히 살펴보면, 폐암의 86퍼센트는 흡연과 관련되어 있다. 하지만 가공육이나 붉은색 육류 섭취가 대장암 발병에 미치는 영향은 21퍼센트 정도로 알려져 있다. 발표 몇 주 후, WHO는 소비자들에게 가공육을 먹지 말라는 것이 아니었다는 내용의 해명 자료를 발표했다.

　　한편, 육류 업계는 둘 사이에 연관성이 없음을 주장하기 바빴다. 로비 단체인 북미 육류 협회North American Meat Institute

는 WHO의 보고서가 "지나치게 과장되어 있고 불필요한 우려를 자아내고 있다"고 주장했다. 이들은 암에 걸릴 수도 있다는 약간의 두려움 때문에 기름진 고기 식단을 버리는 것은 섣부르고 어리석은 행동이라는 주장을 전체적으로 상식적인 어조의 문건에 담았다.

이후로 4년의 시간이 흘렀다. 가공육 업계는 평상시처럼 보인다. 우리는 초기의 경각심을 대부분 떨쳐 버렸다. 영국 내 베이컨 매출은 2016년 중반까지 2년 동안 5퍼센트 상승했다. 2017년 슈퍼마켓 체인 세인즈버리의 식품 생산 담당자를 인터뷰했을 때는 초리조가 포함된 신제품이 영국인들에게 불티나게 팔리고 있다는 이야기를 들었다.

그러나 베이컨과 암의 연관성을 보여 주는 증거들은 그 어느 때보다도 명확하다. 2018년 1월에는 영국 여성 26만 2195명의 데이터를 분석한 연구 결과가 발표되었다. 이 연구에 의하면, 매일 (한 조각도 되지 않는) 9그램의 베이컨을 섭취하는 것만으로도 이후에 유방암이 발병할 위험성이 상당히 증가한다. 연구의 대표 저자인 글래스고대학교 건강 복지 연구소Institute of Health and Wellbeing의 질 펠Jill Pell은 이러한 과학적 증거로 인해 보건 당국이 베이컨 섭취 중단이 아니라 안전한 섭취 권장량을 설정하게 될 수 있다고 말한다. 사람들에게 가공육을 완전히 끊으라고 요구하면 역효과를 낳을 수 있기는 하지만 말이다.

하지만 베이컨의 진짜 문제점은 건강에 해롭다는 차원의 것이 아니다. WHO를 포함해 업계와 기관들이 우리에게 들려주지 않는 이야기가 있다. 암을 유발할 가능성이 현저히 낮은 제조 방법은 항상 있었다. 이 사실이 거의 알려지지 않았던 것은 육류 업계의 막강한 힘 때문이다. 육류 업계는 지난 40년 동안 사람들의 건강을 해치는 책임을 거대 담배 기업들에게 전가하고, 가공육의 해로움을 은폐하는 작전을 펼쳐왔다.

위험한 분홍색

사람들은 베이컨을 구매할 때 어떤 점을 고려할까? 우선 여러 겹의 지방층이 있는 것과 등 쪽의 살코기 중에서 하나를 고를 것이다. 그다음에는 훈제한 것과 훈제하지 않은 것 중 하나를 고른다. 양쪽 진영의 지지자들은 서로 팽팽하게 맞서곤 한다 (나는 훈제하지 않은 것을 선호한다). 돼지가 자유 방목이나 유기농 방식으로 길러졌는지 살펴보는 사람도 있을 것이다. 또는 예산이 빠듯해서 특별 할인 상품을 고르는 사람도 있을 것이다. 무엇이 됐든, 베이컨을 장바구니 안에 넣기 전에 사람들은 고기가 핑크색인지 확인한다.

우리는 눈으로도 음식을 먹기 때문에, 주로 색상을 보

고 보존 처리된 고기의 품질을 판단한다. 하지만 프랑스의 저널리스트 쿠드레 기욤Coudray Guillaume은 바로 그렇기 때문에 색깔을 의심해 봐야 한다고 말한다. 그는 2017년 출간된 《코쇼너리Cochonneries》라는 책에서 이런 이야기를 하는데, 코쇼너리는 프랑스어로 '돼지우리'를 뜻하며, '쓰레기'나 '정크 푸드'를 의미하기도 한다. 책의 부제는 '돼지고기는 어떻게 독이 되었는가'다. 《코쇼너리》는 마치 범죄 소설처럼 읽힌다. 범인이 가공육 산업이라면 피해자는 평범한 소비자들이다.

베이컨(또는 가공 햄이나 살라미)이 분홍빛을 띠는 것은 화학 약품으로 처리되었기 때문이다. 구체적으로는 질산염과 아질산염으로 처리되었다는 표시다. 가공된 고기가 가공되지 않은 고기보다 암을 유발할 가능성이 훨씬 더 높은 이유도 바로 이런 화학 물질 때문인 것으로 알려져 있다. 쿠드레 기욤은 이런 제품들을 가공육이라고 부를 것이 아니라 "질산 처리된 고기"라고 불러야 한다고 말한다.

쿠드레는 나에게 이메일을 보내 왔다. "완전히 정신 나간, 말도 안 되는 미친 짓입니다." 그는 지금도 가공육 업계에서 사용되는 질산염과 아질산염에 대해 설명하면서 이렇게 말했다. 그가 미쳤다고 말하는 이유는, 발암 가능성이 낮은 방법으로 베이컨과 햄을 만들 수도 있기 때문이다. 고기를 보존 처리하는 기본적인 방법은 소금을 사용하는 것이다. 소금 알

갱이를 칠 수도 있고, 소금물에 담글 수도 있다. 그리고 가만히 두고 기다리면 된다. 쿠드레의 말에 따르면, 햄이나 베이컨 제조업체들은 이런 낡은 보존 처리 방식이 안전하지 않다고 주장한다. 하지만 업체들이 소금을 사용하는 방법을 택하지 않는 진짜 이유는 비용 때문이다. 소금을 사용하는 방식은 가공육에 풍미가 생기기까지 훨씬 더 오랜 시간이 걸린다. 즉, 이윤을 깎아 먹는다.

가공육의 의미에 대해서는 혼란이 있다. 이는 베이컨 산업이 유도한 것으로, 소비자들이 생고기를 갈아 만든 양고기 코프타kofta와 질산염 가공 페퍼로니를 듬뿍 얹은 피자가 다르지 않다고 생각하게 만든다. 가공육은 정확하게는 돼지고기나 쇠고기를 소금에 절이거나 보존 처리한 것을 말한다. 훈제 여부와는 관계가 없다. 갈아 놓은 신선한 쇠고기 1파운드는 가공육이 아니다. 보존 처리된 단단한 살라미 덩어리는 가공육이다.

베이컨이 건강에 해를 끼치는 것은 주로 두 가지 첨가물질 때문이다. 질산칼륨[초석(硝石)이라고도 한다]과 아질산염이다. 바로 이 첨가물들이 살라미와 베이컨과 가공 햄을 매혹적인 분홍빛으로 만들어 주는 물질이다. 초석은 고대부터 고기를 소금에 절이는 용도로 여러 조리법에서 사용되어 왔다. 《돈육 식품과 프랑스 돼지 요리Charcuterie and French Pork Cookery》라는 책에서 제인 그릭슨Jane Grigson은 전통적인 햄 제조 과정에 초석이 쓰였다고 설명한다. "초석을 쓰면 매력적인 장밋빛이 살아나고, 그렇지 않으면 탁한 회갈색을 띠게 된다."

20세기 이전에 초석을 이용해서 베이컨을 만들던 사람들은 고기가 보존 처리되면서 초석이 아질산염으로 변환된다는 사실을 알지 못했다. 아질산염은 다른 박테리아들을 억제하고 특유의 풍미를 만들어 내는 박테리아들을 더 빨리 생겨나게 만든다. 그리고 20세기 초가 되자, 육류 업계는 돼지고기에 순수한 아질산염을 첨가하게 되면 가공육 생산이 더 간단해진다는 사실을 발견했다. 1960년대의 업계 소식지를 보면, 아질산염 판매 업체들이 가공육 사업의 이윤을 높이는 방법에 대해 공공연하게 이야기하는 것을 볼 수 있다. 비밀은 바로 제조 속도를 높이는 것이었다. 60년대 프랑스에서 탄생한 어느 아질산염 브랜드의 이름은 비토호제Vitorose였는데, '빠르게 분홍색으로'라는 의미다.

질산 화합물은 소비자들에게 별다른 이득을 주지 않는다. 질산 화합물 자체가 발암 물질은 아니다. 사실 아질산염은 셀러리나 시금치 같은 각종 푸른 채소에서도 자연적으로 발견되기 때문에, 베이컨 제조업자들은 쾌재를 부르면서 이 사실을 들먹이곤 한다. 영국의 베이컨 제조업자 한 명은 나에게 이렇게 말했다. "상추에도 아질산염이 들어 있지만, 그걸 먹지 말라고 하는 사람은 없잖아요!"

하지만 아질산염을 사용한 가공 과정에는 자연적인 방
식과 다른 일이 일어난다. 아질산염이 붉은 육류 안에 들어 있
는 특정 성분(헴 철분, 아민, 아미드)과 반응해 N-니트로소 화
합물이 생성되는 것이다. 바로 이 물질이 암을 유발한다. 이런
화합물 중 가장 잘 알려진 것이 니트로사민이다. 쿠드레 기욤
이 내게 보낸 이메일에서 설명한 바에 따르면, 니트로사민은
"아주 적은 양의 섭취만으로도 암을 유발하는 물질"로 알려
져 있다. 베이컨이나 햄을 비롯한 가공육을 먹는 사람들은 니
트로사민을 소화 기관으로 받아들이는 것이며, 이 물질은 내
장의 세포들을 손상시키고, 이것이 암으로 이어질 수 있다.

베이컨을 구입하는 입장에서는 이 사실을 모를 수 있지
만, 과학자들은 니트로사민이 발암 물질이라는 사실을 오래
전부터 알고 있었다. 60여 년 전인 1956년에 피터 마지Peter
Magee와 존 반스John Barnes라는 영국의 두 과학자는 쥐에게 디메
틸니트로사민을 먹이면 간에 악성 종양이 생긴다는 사실을
발견했다. 70년대에는 동물을 대상으로 소량의 니트로사민
과 니트로사미드를 반복해서 투여하는 실험이 진행되었다.
사람이 매일 아침마다 베이컨을 먹는 것과 같은 상황이다. 실
험 결과 간, 위, 식도, 창자, 방광, 뇌, 폐, 신장 등 다양한 기관
에서 종양이 나타났다.

쥐나 다른 동물들을 암에 걸리게 한 물질이 반드시 인간에게도 같은 결과를 초래하는 것은 아니다. 하지만 암 연구자인 윌리엄 리진스키William Lijinsky는 이미 1976년에 베이컨과 같은 육류에서 발견되는 N-니트로소 화합물이 "인간에게도 암을 유발할 수 있다고 생각해야만 한다"고 주장했다. 이후 과학자들은 이러한 주장에 힘을 실어 주는 막대한 양의 증거들을 수집했다. 니트로사민과 암의 관련성에 관한 수백 건의 논문 중 하나만 살펴봐도 이런 사실을 알 수 있다. 1994년에 미국에서 유행병을 연구하던 두 명의 연구원은 1주일에 1회 이상 핫도그를 먹게 되면 소아 뇌종양 발병률이 높아진다는 사실을 발견했다. 특히 비타민이 별로 포함되어 있지 않은 식단을 섭취하는 아이들에게 이런 경향이 더 강했다.

1993년, 이탈리아 파르마 지역의 햄 제조업자들은 질산염을 모두 빼고 옛날 방식처럼 오직 소금만을 이용해 제품을 생산하기로 집단 결의했다. 26년 동안 프로슈토 디 파르마 Prosciutto di Parma 생산에는 질산염이나 아질산염이 사용되지 않고 있다. 질산염이나 아질산염을 사용하지 않고도 파르마산 햄은 여전히 짙은 장밋빛 분홍색이다. 우리는 이제 파르마산 제품들이 띠는 색깔이 무해하다는 것을 알고 있다. 이 색상은 햄이 18개월간 숙성되는 동안 효소 반응의 결과로 나타나는 것이다.

이렇게 장인 정신으로 만들어 내는 햄이 질산염 없이 느린 보존 처리를 거친다면, 대량 생산 육가공품은 어떤 과정을 거치는 것일까? "핫도그를 만들려고 18개월 동안 기다릴 수는 없다"고 식품 과학 전문가인 해롤드 맥기Harold McGee는 말한다. 그렇다고 해도, 질산염을 넣지 않고 오직 물과 허브만을 이용해서 베이컨을 만드는 방법은 여러 가지가 있다. 영국의 가공육 제조업체에 자문을 해주는 양돈업체 콰이어트 워터스 팜Quiet Waters Farm의 존 가워John Gower에 따르면, 질산염은 베이컨의 필수 성분이 아니다. "살라미처럼 다져서 만드는 육류 제품과는 다르게, 단단한 살코기 제품에는 안전을 이유로 질산염을 넣을 필요가 없다는 사실이 일반적으로도 잘 알려져 있습니다."

팔려 나가는 베이컨은 오래되고 익숙한 것이라면 해롭다고 밝혀져도 계속 안주하려 하는 경향이 우리에게 있음을 보여 준다. 베이컨 제조업자들이 질산염을 선호하는 건 대부분 "문화적인" 요소 때문이라고 가워는 말한다. 질산염과 아질산염을 사용하지 않고 전통적인 기법으로 보존 처리된 베이컨에서는 가워가 말하는 "금속 맛이라고도 할 수 있는, 뭐라고 설명하기 힘든 특유의 풍미"가 나지 않는다. 영국 소비자들이 원하는 '베이컨스러운' 맛이 나지 않는다는 것이다. 질산염 처리가 되지 않은 베이컨은, 가워의 말에 의하면, 그저

"소금에 절인 돼지고기"일 뿐이다.

질산 처리된 고기의 위험성이 오래전부터 알려져 있었다면, 자연스럽게 이런 의문이 든다. 왜 그런 위험성으로부터 사람들을 지키기 위해 더 많은 노력을 기울이지 않았던 걸까? 런던 시티 대학교의 식품 정책 교수인 코리나 혹스Corinna Hawkes는 가공육의 미래가 설탕처럼 될 것이라고 몇 년 전부터 예견해 왔다. 위험성이 크기 때문에 정부 부처가 개입해서 사람들을 보호해야 한다는 생각이다. 혹스 교수는 조만간 소비자들이 암과 가공육의 연관성을 분명히 깨닫고, "왜 아무도 우리에게 이런 이야기를 해주지 않았어?"라고 묻게 될 것이라고 말한다.

베이컨을 지켜라

2015년의 베이컨 패닉 사태에서 가장 놀라운 부분은 가공육이 좋지 않다는 공공 보건 권고안이 나오기까지 너무나 오랜 시간이 걸렸다는 점이다. 이런 권고안은 40년 전에 나올 수도 있었다. 가공육 업계가 심각하게 위태로웠던 유일한 시기는 1970년대였는데, 당시 미국에서는 '질산염과의 전쟁'이 벌어졌다. 랠프 네이더Ralph Nader[6] 방식의 소비자 행동주의가 활발한 시대였고, 베이컨에 맞서 소비자를 보호하려는 분위기가 형성되고 있었다. 당시 어느 저명한 공공 의료 과학자는 베이컨을 "슈퍼마켓에서 가장 위험한 식품"이라고 부르기도 했다. 1973년, 미국 식품 의약국FDA의 수석 독물학자였던 레오 프리드먼Leo Freedman은 뉴욕타임스와의 인터뷰에서 "니트로사민은 인간에게 암을 유발할 수 있다"고 말했다. 하지만 그 역시도 "다른 사람들처럼" 베이컨을 좋아한다고 덧붙이고 있었다.

미국의 육류 업계는 베이컨을 발암 물질로 보는 시각에 시급하게 방어해야 할 필요성을 느꼈다. 첫 번째 대응은 과학자들이 과민 반응하는 것이라며 가볍게 비웃는 것이었다. 《파머스 위클리Farmers Weekly》는 1975년에 〈베이컨 공포의 실상〉이라는 제목의 기사를 발행했다. 기사는 보통 체중의 남성이 매일 11톤 이상의 베이컨을 먹는다고 해도 암에 걸릴 위험이 거의 없다고 주장하고 있다. 물론 말도 안 되는 거짓말이었다.

이후에 육류 업계는 더 현명한 방식으로 로비를 하기 시작했다. 미국 육류 협회(AMI, 북미 육류 협회의 전신)는 질산염은 소비자의 안전을 위해서만 사용된다고 주장하기 시작했다. 제대로 보존 처리되지 않은 식품에서 생성될 수 있는 치명적인 독성인 보툴리누스 식중독균을 억제하기 위해 질산염이 필요하다는 것이다. AMI의 과학 담당 책임자는 보툴리누스균은 한 컵 분량으로도 지구상의 모든 사람을 없앨 수 있다고 말했다. 그런 해로운 생물체를 제거함으로써 베이컨은 사람들을 죽이는 것이 아니라 살리고 있다는 이야기다.

1977년, FDA와 미국 농무부는 육류 업계에 석 달의 시간을 주고, 질산염과 아질산염이 무해하다는 사실을 입증하라고 지시했다. 쿠드레의 책에 적혀 있는 바에 따르면 "만족스런 설명을 하지 못할 경우, 이 첨가물들은 36개월 안에 발암 물질을 만들지 않는 제조 방식으로 바꾸어야만 했다." 육류 업계는 니트로사민이 발암 물질이 아니라는 것을 증명할 수 없었다. 니트로사민이 발암 물질이라는 것은 이미 밝혀진 사실이었다. 그래서 이들은 다른 방식을 택했다. 질산염과 아질산염은 베이컨을 만드는 과정에 반드시 필요한 물질이라는 주장을 만들어 냈다. 그 물질을 첨가하지 않으면 수천 명의 사람들이 보툴리누스 식중독에 걸려 죽게 된다는 것이다. FDA의 도전에 맞서서, AMI의 대표인 리처드 링Richard Lyng은 1978년에 가공육에 들어가는 아질산염이 "빵에 들어가는 이스트"와 같다고 주장했다.

베이컨을 지키기 위한 육류 업계의 전략은 "담배 산업의 전술 교본과 똑같았다"고 뉴욕대학교 식품 영양학 교수 매리언 네슬레Marion Nestle는 말한다. 교본의 첫 번째 전략은 과학을 공격하는 것이었다. 1980년대까지 AMI는 주로 위스콘신 대학교에 있는 과학자들에게 재정 지원을 했다.[7] 이들 육류 연구자들은 질산염의 유해성에 의문을 제기하고, 질산염으로 보존 처리되지 않은 햄들이 보툴리누스 식중독을 일으킬 수 있음을 과장하는 글을 계속해서 만들어 냈다.

질산염 처리를 하지 않은 햄은 보툴리누스 식중독을 일으킬까? 그게 사실이라면 이상한 점이 있다. 지난 25년 동안 질산염 처리 없이 생산된 파르마산 햄은 보툴리누스 식중독과 관련된 사고를 단 한 차례도 일으키지 않았다. 극히 드문 일이긴 하지만, 보존 식품이 일으킨 보툴리누스 식중독 사례의 대부분은 완벽하지 않은 방식으로 보존 처리한 채소(그린빈, 완두콩, 버섯 등의 병조림 제품) 때문에 발생한 것이었다. 보툴리누스 식중독에 대한 주장은 연막작전이었다. 사람들이 베이컨이나 햄 안에 들어 있는 질산염과 아질산염의 유해성에는 논란의 여지가 있다고 생각하게 만든 것이다. 그렇게 소비자들은 마음을 진정시키고 계속해서 평소처럼 구매했다.

보툴리누스균을 핑계로 댄 것은 아주 효과적이었다. AMI는 아질산염의 무해성을 3개월 내에 입증하라는 FDA의 명령을 계속해서 뒤로 미루었다. 그러던 중 1980년에는 FDA 위원장이 새로 임명되었는데, 이번에는 핫도그에 우호적인 사람이었다. 질산염 규제안은 선반에 처박혔다. 업계에서 유일하게 양보한 사항은 가공육에 첨가되는 질산염의 함량에 제한을 두는 것과 비타민C를 첨가한다는 것이었다. 비타민C는 니트로사민 형성을 억제한다고 알려져 있기는 했지만, 니트로실-헴nitrosyl-haem이라는 또 다른 발암 물질이 만들어지는 것을 막는 데는 아무런 역할을 하지 못했다.

지금까지 베이컨의 위험성을 반박하는 메시지들은 점점 기이해지기만 했다. 위스콘신대학교의 육류 과학 및 살코기 생물학 연구소에서 내놓은 설명 자료는 아질산염이 사실은 "혈압을 조절하고, 기억 손상을 막고, 부상 회복을 빠르게 하기 때문에 인간 건강의 유지에 필수적"이라고 주장하고 있다. 프랑스 육류 업계 웹사이트 'info-nitrites.fr'는 햄을 만드는 과정에 "올바른 양"의 아질산염을 사용하는 것은 제품을 "건강하고 안전하게" 지켜 주며, 햄은 아이들에게 정말로 좋은 음식이라고 말한다.

베이컨 업계의 로비는 놀라워서, 천연 식품 군단 내에서도 동맹 세력을 구축하고 있다. 구글에 "아질산염 암 베이컨"이라고 검색하면, 건강한 먹을거리에 대한 글이 많이 나온다. 그중에는 팔레오paleo 다이어트[8]를 지지하는 사람들이 쓴 글도 있는데, 베이컨이 실제로는 아주 훌륭한 건강식품이라고 주장한다. 그런 글을 쓴 사람들은 질산염을 주로 섭취하는 경로는 채소라는 사실과 사람의 침 안에 아질산염이 아주 많다는 사실을 자주 언급한다. 널리 알려진 글 하나를 보면, 베이컨을 먹지 않는 것은 침을 삼키지 않으려고 하는 것만큼이나 어리석은 일이라고 주장하고 있다. 베이컨이 건강학 식품이라고 옹호하는 인터넷상의 수많은 글들을 보면, 누가 육류 업계의 로비에 휘둘린 사람이고, 누가 그저 잘 모르는 풋내기 "영양 전문가"인지 가려내는 것이 쉽지 않다.

무엇이 됐든, 이러한 잘못된 정보 때문에 수천 명의 건강이 위험해질 수 있다. 더 이해가 가지 않는 부분은 우리는 왜 이러한 사실 은폐를 용인하고 있느냐는 것이다.

베이컨은 건들지 마

우리는 베이컨의 해로움을 더 깊이 파헤쳐 왔지만, 우리에게 위안을 주는 음식이라는 문화적 맥락에는 거의 아무런 손상을 입히지 못했다. 이 글을 쓰려고 조사를 하면서 나는 가공육 업계의 거듭된 거짓 선동에 점점 더 혐오감이 커져 갔다. 나는 대장암을 치료하는 병원 병동과 그로 인한 끔찍한 고통, 치욕스러움에 대해 생각해 보았다. 하지만, 그러다 보니 어릴 적 일요일 아침에 부엌에서 아버지가 베이컨을 굽고 있던 모습도 떠올랐다. 베이컨이 전부 구워지면 아버지는 빵 몇 장을 가져다가 베이컨에서 나온 지방 위에 넣고 빵이 영양분을 모두 빨아들일 때끼지 구웠다.

이론적으로라면 20세기 중반 냉장고가 널리 보급되었을 때, 소금에 절이고 보존 처리된 육류를 먹는 식습관은 모두 사라졌어야만 한다. 하지만 음식의 맛은 이성적으로 설명할 수 있는 것이 아니어서, 수백만 명이 여전히 지글지글 구워 먹는 베이컨의 훈연 향, 짜고 감칠맛이 나는 풍미에 사로잡혀 있다.

담배에 대해 생각할 때와는 달리, 베이컨에는 감상적으로 접근하게 된다. 논리적으로는 이해하기 어려운 이유다. 질산염 처리된 분홍빛 베이컨이 암을 일으킨다는 사실을 너그럽게 용서해 주고 있다는 사실을 보면, 사랑하는 어떤 문화가 건강에 해로운 것으로 밝혀질 때 우리의 마음이 얼마나 상처받는지 알 수 있다. 우리의 두뇌는 베이컨이 우리가 생각했던 것과는 다르다는 끔찍한 기분을 제대로 처리할 수 없다. 그래서 베이컨의 해악을 경고하는 건강 전문가들에게 분노의 화살을 돌리게 된다. WHO의 2015년 보고서에 대한 다수 소비자의 반응은 이랬다. 베이컨은 건들지 마!

2010년, EU는 유기농 육류에 질산염 사용을 금지하는 방안을 검토했다. 그런데 놀랍게도 영국의 유기농 베이컨 업계가 질산염 금지안에 격렬하게 반대했다. 업계 단체인 유기농 농부와 재배자들Organic Farmers & Growers의 나이 지긋한 대표 리처드 제이콥스Richard Jacobs는 질산염과 아질산염을 금지하는 것은 성장하고 있는 유기농 베이컨 시장의 "붕괴"를 의미한다고 말했다.

유기농 식품을 구입하는 소비자들 대부분이 식품 안전

에 대한 우려 때문에 유기농을 선택한다는 사실을 고려하면, 유기농 베이컨 생산에 질산염이 사용된다는 것은 모순적으로 들린다. 돼지를 방목해서 기르고 유기농만을 먹이는 힘든 수고를 자처했는데, 왜 굳이 발암 물질을 사용해서 고기들을 보존 처리해야 할까? 덴마크의 유기농 베이컨은 모두 질산염을 사용하지 않는다. 하지만 영국의 유기농 업계는 소비자들이 "회색빛" 나는 베이컨을 받아들일 수 없을 것이라고 주장한다.

다시 한 번 말하지만, 소비자들이 베이컨은 분홍빛이어야 한다는 신념을 떨치기 어려운 이유는 건강과 관련된 메시지가 전달되는 방식이 혼란스럽기 때문이기도 하다. 가공육의 경우 식품 업계의 터무니없는 과장은 물론이고, 과학이 주는 경고도 우리를 혼란스럽게 하고 있다.

질산염 처리된 육류의 위험성을 설명하는 WHO 웹사이트의 자료들은 너무 불분명해서 전체적으로 이해하기 힘들다. WHO 웹사이트는 "붉은 육류와 가공육의 암 발병 위험을 높이는 것은 어떤 성분인가?"라는 질문에 이렇게 대답한다. "예를 들면, 육류 제조 과정에서 만들어지는 발암 물질 중에는 N-니트로소 화합물이 있다." 이 문장을 쉽게 설명하면 아질산염이 베이컨의 발암성을 증가시킨다는 의미다. 그런데 WHO는 이에 대해 자세히 설명하는 대신, "암 발병 위험을 어떻게 증가시키는지는 아직 완전히 규명되지 않았다"고 덧붙이고는 붉은 육류와 가공육의 위험성을 비교하는 다음 질문으로 빠르게 넘어가고 있다.

이런 안내는 불필요하게 소비자들을 무지하게 만든다. 소시지를 살펴보자. 나는 영국식 아침 요리에서 가장 건강에 해로운 요소가 베이컨보다는 소시지라고 오랫동안 생각해 왔다. 이 글을 위한 자료 조사를 시작하기 전까지만 해도 나는 소시지가 가공육 범주에 속한다고 생각했다. 이는 국민 건강 보험NHS의 웹사이트에도 잘못 분류되어 있었다.

프랑스의 소시송saucisson과 같은 단단한 소시지와는 다르게, 일반적인 영국식 소시지는 보존 처리를 하지 않는다. 그리고 다른 재료를 첨가하지 않고 오직 신선한 돼지고기, 빵가루, 허브, 소금, 메타중아황산나트륨E223만을 사용해서 만든다. 보존제로 사용되는 E223은 발암 물질이 아니다. 수많은 질문이 오고간 끝에, 미국 국립 암 연구소National Cancer Institute의 전문가 대변인 2명은 나에게 다음과 같은 사실을 확인해 주었다. 신선한 소시지는 가공육이 아니라 "붉은 육류"라고 "생각할 수 있으며", 그렇기 때문에 발암 물질일 "가능성"이 있을 뿐이다[나는 대부분의 소시지가 가공육이 아니라는 사실이 무척이나 기뻤고, 토드 인 더 홀(toad in the hole)[9]을 만들 생각에 기쁜 나머지 부엌에서 춤을 추기까지 했다].

암 연구자들에게 서로 다른 종류의 육류들이 가진 위험성을 가려 달라고 부탁하면, 당연하게도 말을 아끼는 경우가 대부분이다. 미국 국립 암 연구소의 두 전문가가 내게 말한 바에 따르면, 질산염과 아질산염을 포함한 육류가 "대장암과 연관되어 있다는 사실은 사람을 대상으로 한 연구에서 꾸준하게 확인되고 있다." 다만 그들은 "암 발병 가능성이 베이컨과 같은 가공육에 들어 있는 다른 물질 때문인지, 니트로사민 때문인지를 가려내는 것은 어렵다"고 덧붙였다. 용의선상에 오른 다른 물질로는 헴 철분haem iron과 헤테로사이클릭아민heterocyclic amine이 있다. 헴 철분은 가공육이든 아니든 모든 붉은 육류에 많이 들어 있다. 헤테로사이클릭아민은 육류를 조리할 때 생성되는 화학 물질이다. 바삭하게 바짝 구운 베이컨 한 조각에는 다양한 발암 물질이 포함되어 있을 수 있고, 그 모든 성분이 질산염 때문에 생성된 것은 아니다.

하지만 이런 식의 추론으로는 왜 붉은 육류보다 가공육이 더 암과 밀접하게 연관되어 있는지를 설명할 수 없다. 질산염과 아질산염을 빼고는 이 부분이 설명되지 않는다. 하지만 사람들이 실험실 안에서 음식을 먹는 것이 아니기 때문에, 데이터를 통해 명확하게 확인하기는 쉽지 않다.

가공육과 암에 대해 우리가 알고 있는 지식은 대부분 인구 전반에 퍼지는 질병에 대해 연구하는 역학epidemiology 분야에서 나온다. 하지만 역학자들은 사람들이 무슨 음식을 먹었는지에 대해서는 상세한 질문을 던지지 않는다. 무엇을 먹는지에 대한 여론 조사를 근거로 한 역학 데이터를 보면, 다량의 가공육이 포함된 식단이 높은 암 발병률로 연결된다는 점은 이제 너무나도 명확하다. 하지만 어떤 육류가 좋고 어떤 육류는 나쁜지, 그리고 왜 그런지에 대해서는 이러한 데이터로는 알 수가 없다. 런던 시티 대학교의 코리나 혹스는 말한다. "연구자들은 사람들에게 동네 이탈리아 식품점에서 파는 수제 돼지고기 식품을 먹었는지, 아니면 세상에서 제일 저렴한 핫도그를 먹었는지를 물어보지 않거든요."

질산 처리되지 않은 파르마 햄과 통상적인 베이컨을 먹었을 때의 암 발병 위험을 비교하는 연구 결과를 보고 싶지만, 아직까지는 그런 연구를 하는 역학자가 없다. 그래도 가장 근접했던 연구는 2015년 프랑스에서 진행되었다. 가공육에서 발견되는 N-니트로소 헴 철분을 먹는 것은 신선한 붉은 육류에서 발견되는 헴 철분을 먹는 것보다 대장암과 직접적인 연관성이 높다는 사실이 이 연구에서 확인됐다.

역학자들이 사람들에게 어떤 종류의 가공육을 먹었는지 자세히 질문하지 않은 이유는, 어쩌면 질산염이나 아질산염을 사용하지 않고 대량으로 유통되는 대체 제품이 없기 때문일 수도 있다. 하지만, 이런 상황에도 이제 변화가 일어나려

하고 있다.

더 정확한 정보

우리가 사랑하는 분홍빛 고기를 덜 유해한 방식으로 만드는 방법은 이미 존재한다. 그래서 기존 방법으로 만들어진 제품이 왜 여전히 자유롭게 판매되고 있는지 의구심이 든다. 1970년 대 질산염과의 전쟁 이후에 미국 소비자들은 유럽 소비자보 다 질산염에 대해 자각을 갖게 되었고, 그래서 시중에는 질산 염 무첨가 베이컨이 많이 나와 있다. 글래스고대학교 건강 복 지 연구소의 질 펠이 말한 대로, 문제는 미국에서 질산염 무첨 가라는 라벨을 달고 팔리는 베이컨 대부분이 실제로는 질산 염 무첨가가 아니라는 사실이다. 이런 제품들은 셀러리에서 추출한 질산염으로 만들어지는데, 이는 물론 자연 성분이긴 하지만 육류 안에서 동일한 N-니트로소 화합물을 생성한다. EU의 규제에 따르면 이런 베이컨에는 질산염 무첨가라는 라 벨을 붙일 수 없다.

"제 인생을 통틀어서 이런 최악의 거짓말은 본 적이 없 습니다." 피넨브로그 아디산Finnebrogue Artisan의 회장인 데니스 린Denis Lynn의 말이다. 북아일랜드에 있는 그의 회사는 M&S를 비롯해 많은 영국의 슈퍼마켓에 소시지를 만들어서 공급하고 있다. 린은 베이컨과 햄을 다양한 종류로 만들기 위해 오랫동안 노력을 기울여 왔다. 하지만 그는 "질산염 없이 만드는 방법을 찾아내기 전까지는 제품을 내놓지 않았다."

린 회장은 스페인에서 질산염을 넣지 않으면서도 완벽한 분홍색을 띠는 베이컨을 만드는 새로운 제조법이 개발되었다는 소식을 들었을 때, 이번에도 헛소문일 거라고 생각했다. 2009년, 식품 과학자이자 프로수르Prosur라는 식품 기술업체의 대표 후안 데 디오스 에르난데스 카노바스Juan de Dios Hernandez Canovas는 신선한 돼지고기에 특정한 과일 추출물을 첨가하면 놀라울 정도로 오랜 시간 동안 분홍색이 유지된다는 사실을 알아냈다.

피넨브로그는 이 기술을 사용해 질산염이 전혀 들어가지 않은 베이컨과 햄을 만들었고, 2018년 1월 영국에 출시했다. 이 제품들은 대형 슈퍼마켓 체인 세인즈버리와 웨이트로즈Waitrose에서는 "네이키드Naked 베이컨"과 "네이키드 햄"이라는 상표를 달고 판매되고 있고, M&S에서는 "아질산염 무첨가 제조"라는 라벨을 달고 판매되고 있다. M&S에서 이 제품들의 출시를 담당했던 커스티 애덤스는 "보존 처리가 되지는 않은 제품"이라고 말한다. 그보다는 과일과 채소 추출물을 주입한 소금에 절인 신선한 돼지고기에 가깝고, 기존의 베이컨보다 쉽게 상할 수 있다. 하지만 냉장고에 보관하면 크게 문제는 없다. 이 제품들은 생산 기간도 짧기 때문에, 질산염을 첨가하지 않는 다른 대안, 예를 들어 파르마 햄처럼 서서히 보존 처리되는 방식에 비해서도 훨씬 더 경제성 좋은 대안이 될 수 있다. 현재 이 베이컨은 웨이트로즈에서 1팩에 3파운드(4700원)에 판매되고 있다. 아주 저렴한 제품은 아니지만 그렇다고 엄두도 못 낼 만큼 비싼 것도 아니다.

나는 M&S에서 피넨브로그 베이컨을 사서 먹어 봤다. 등심 베이컨은 약간의 과일 향과 함께 기분 좋고 부드러운 맛이었다. 정육점에서 파는 얇게 저민 가공 베이컨이 주는 질감이나 훈제의 깊은 풍미는 없었지만, 질산 처리된 고기에 대한 대안이 생긴 것을 기쁘게 생각하면서 다시 구매했다. 아마트리치아나 스파게티에 넣었는데, 가족 중 누구도 차이를 알아차리지 못했다.

사람들은 질산염 무첨가 베이컨이 비싸거나 독특한 제품이라고 생각하지만, 암을 유발하지 않는 음식을 먹고 싶어하는 것이 독특한 일은 아니다. 린 회장은 과일 추출물에 대해서 알아보기 위해 프로수르 측과 처음 접촉했을 때 프로수르가 영국에서 영업한 지난 2년 동안 대형 베이컨 제조업체들이 얼마나 반응을 보였는지 물었다. 전혀 없었다는 대답이 돌아왔다. 린 회장은 말한다. "대형 회사들 중에서 이런 방법을 원하는 곳은 전혀 없었습니다. '우리 회사의 다른 가공육 제품들이 위험하다고 생각하게 만들 겁니다'라고 말했죠."

하지만 소비자들이 질산염이나 아질산염이 첨가되지 않은 베이컨을 얼마나 원하는지는 더 지켜봐야 한다. 베이컨과 암을 둘러싼 소란스러운 논쟁 속에서 베이컨 샌드위치 하나를 먹는 것이 한 사람에게 미치는 위험이 어느 정도인지를 설명하기는 쉽지 않다. 물론 가공육이 포함된 식단으로 인해 매년 3만 4000명이 죽을 수 있지만, 그런 일이 당신에게 일어나지 않을 수도 있다. 나는 암 연구자들에게 개인적으로 가공육을 먹는지 물어보았다. 그러자 모두 약간씩 다른 대답을 들려주었다. 질 펠은 채식주의자에 가깝기 때문에 가공육을 거의 먹지 않는다고 말했다. 그런데 프랑스의 대장암 및 육류 전문가인 파브리스 피에르Fabrice Pierre에게 고기를 먹는지를 물었을 때, 그는 이렇게 대답했다. "네, 물론이죠. 그렇지만 항상 채소를 곁들여서 먹습니다." [톡사림(Toxalim) 연구소에서 진행된 피에르의 연구를 보면, 햄에 들어있는 발암 물질의 영향은 채소를 먹음으로써 어느 정도 상쇄될 수 있다고 한다.]

무엇을 먹어야 하는지에 대한 의문과 혼란이 계속되는 것은 베이컨 업계에게는 축복이었다. 질산염과 아질산염으로 보존 처리된 육류의 위험성을 성공적으로 은폐할 수 있었던 것은 우리가 먹을거리에 대한 충고를 회의적으로 바라본 탓이기도 하다. 베이컨에 대한 공포심에 절정에 달했던 2015년에도 많은 지성인들은 가공육을 발암 물질로 규정한 새로운 기준을 무시해도 된다고 말했다. 영양학자들이 하는 이야기를 신뢰할 수 없다는 것이 이유였다. 그러는 동안 어린아이들을 포함한 수백만 명의 소비자들은 무방비 상태에 처했다. 베이컨 논란에서 가장 이상한 부분은 아무래도 대중적인 분노가 거의 일어나지 않았다는 점이다. 모든 과학적 사실에도 불구하고, 우리 대부분은 여전히 베이컨을 오래된 친구로 아끼며 살아가고 있다.

이상적인 세계에서는 우리 모두 가공육이든 신선육이든 고기를 적게 먹을 것이다. 건강은 물론 지속 가능성과 동물복지를 생각해서 말이다. 하지만 우리가 사는 현실 세계에서는 여전히 가공육이 일반적으로 소비되며, 구운 베이컨 대신 프로슈토 디 파르마를 살 여력이 없는 수백만의 사람들에게 안정적인 단백질 공급원이 되어주고 있다. 연구원 존 커니John Kearney에 따르면, 현재 선진국에서 소비되는 모든 육류의 절반가량이 가공육이다. 가공육은 흡연보다도 훨씬 더 보편적인 습관이다.

이 모든 일 때문에 실제로 피해를 보는 것은 나처럼 힙힌 가페에서 가끔씩 베이컨 샌드위치를 즐기는 사람이 아니다. 소득이 낮고, 섬유질이 많은 채소와 통곡물을 많이 섭취하지 못하는 사람들이 가장 안 좋은 영향을 받는다. 영양 불균형은 암의 또 다른 원인이고, 베이컨 섭취로 인한 해로움과 결합하면 더 큰 위험이 될 것이다. 쿠드레는 그의 책에서 서양식 가공육이 개발 도상국을 점령하면서 향후 몇 년간 수백만 명의 가난한 소비자들이 대장암의 영향을 받게 될 것이라고 지적한다. 이는 충분히 예방할 수 있는 일이다.

2018년 2월, 프랑스의 유럽 의회 의원인 미셸 리바시 Michèle Rivasi는 쿠드레와 협력하여 유럽 전체의 모든 육가공품에서 아질산염을 금지할 것을 요구하는 캠페인을 시작했다. 베이컨 업계가 자신들의 이익을 지키기 위해서 얼마나 격렬하게 싸워 왔는지 떠올려 보면, 아질산염을 완전히 금지하기는 쉽지 않을 것이다.

하지만 완전한 금지가 이루어지지 않는다 해도, 베이컨에 든 질산염과 아질산염의 위험성에 대처하는 방법은 남아있다. 보다 정확한 정보를 밝혀내는 것이 시작일 것이다. 코리나 혹스가 지적하듯이, 햄과 베이컨의 위험성을 사람들에게 알리는 일을 정부 차원에서 열심히 하지 않고 있다는 사실이 놀라울 뿐이다. 간단하게는 가공육 제품에 경고 라벨을 붙이는 같은 방법도 있을 것이다. 하지만 베이컨에 문제를 제기할 만큼 용감한 정치인이 과연 영국 내에 있을까?

저자 조지 레이놀즈(George Reynolds)는 영국의 저널리스트다.《가디언》등 다수의 매체에 음식에 관한 글을 기고하고 있다.

역자 서현주는 한양대학교 사회학과를 졸업하고 HENKEL과 VISA의 한국 법인에서 근무했다. 현재는 방송 분야에서 프리랜서로 활동 중이다.

비건 전쟁의 서막

단식 투쟁부터 식용 탄환(감자 등으로 만든 총알)에 이르기까지 역사 속에는 음식이 정치적 목적으로 사용된 수많은 예가 있다. 그럼에도 올해 초 런던 중심가에 모인 비건[10]들은 게티스 라그즈딘스Gatis Lagzdins가 다람쥐의 가죽을 벗기고 뜯어 먹은 순간을 잊지 못할 것이다.

라그즈딘스는 공동 기획자인 데오니시 클렙니코프 Deonisy Klebnikov와 함께 매주 루퍼트 가에서 열리는 소호 비건 마켓Soho Vegan Market에서 위와 같은 일을 벌이며 이목을 끌었다. 그는 이후 브라이튼의 베그페스트VegFest에서 식물성 식단의 폐해를 꼬집는다는 명목하에 자칭 '육식 투어carnivore tour'의 일환으로 비슷한 퍼포먼스를 했다(이번에는 생돼지머리였다). 런던에서 개최된 행사에서는 '비거니즘=영양실조'라는 슬로건이 새겨진 검은 조끼를 입기도 했다.

비건에 맞서는 전쟁의 시작은 작았다. 그러나 일촉즉발의 상황이 발생하기도 하고 일부는 언론에 보도될 만큼 격화되기도 한다. 잡지 《웨이트로즈Waitrose》편집장이었던 윌리엄 시트웰William Sitwell은 "비건 한 명씩 죽이기"에 대한 농담조의 메시지를 교환한 이메일이 프리랜서 기자를 통해 유출되면서 사임했다(이후 시트웰은 사과했다). 냇웨스트Natwest 은행은 기업 이미지 관리에 어려움을 겪기도 했다. 자사 직원이 대출을

신청하는 고객에게 이런 말을 했기 때문이다. "모든 비건은 주먹으로 얼굴을 맞아야 한다." 지난해 9월 동물 권리 보호를 요구하는 시위대가 브라이튼의 피자 체인점 피자 익스프레스에 난입했을 때, 한 손님이 했던 바로 그 행동 말이다.

비건들은 일반적으로 피해자의 입장을 즐긴다는 이유로 비난받지만, 한 연구는 그들이 실제로 피해자라는 것을 밝히고 있다. 2015년에 카라 맥기니스Cara C. MacInnis와 고든 허드슨Gordon Hodson이 학술지《그룹 프로세스 앤드 인터그룹 릴레이션스Group Processes & Intergroup Relations》에 발표한 연구 결과에 따르면, 서구 사회의 채식주의자와 비건(특히 비건)은 다른 소수자들과 비슷한 수준의 차별과 편견을 경험한다고 한다.

〈심슨 가족The Simpsons〉과 같은 TV쇼에서 소수 이익 단체를 패러디의 소재로 삼으면서 비건은 지난 2년 동안 세간의 주목을 받았다(심슨의 한 캐릭터가 그림자가 있는 것은 그 어떤 것도 먹지 않는다며 스스로를 '5능급 비건'이라고 소개했다). 불가침에 뿌리를 둔 철학은 소셜 미디어에서 가장 격렬한 논쟁의 중심이 되었다. 영국의 아침 뉴스 프로그램 〈굿모닝 브리튼Good Morning Britain〉은 2018년 11월에 "사람들은 비건을 싫어할까?"라는 제목의 토론을 주최했다. 일주일 후에 정치 뉴스 웹사이트《복스Vox》는 문제에 더 직접적으로 접근하는 질문을 던졌다. "사람들은 왜 그렇게 비건을 싫어할까?"

비건에 대한 증오가 드러나는 최근의 사건들은 당황스러울 만큼 커지는 적대감을 보여 주고 있다. 동시에 고기를 적게 먹는 것이 모두와 지구를 위하는 길이라는 공감대도 형성되고 있다. 물론 고기를 적게 먹는 것이 고기를 전혀 먹지 않는 것을 의미하지는 않는다. 비거니즘과 관련된 극단적인 금지 사항(동물성 식품, 달걀의 섭취, 가죽, 양털 등의 사용)은 또 다른 앳킨스 식단(Atkins diet, 저탄수화물 식단)이나 클린 이팅(Clean eating, 자연 상태에 가까운 식사 습관)처럼 가벼운 반성만 남기는 일시적인 유행일 수 있다는 의견도 있었다. 하지만 한계에 도달할 것으로 예상됐던 비건의 확산세는 지속되었다. 2016년 입소스 모리Ipsos Mori의 설문 조사에 따르면 영국에서 비건은 지난 10년간 360퍼센트 이상 증가하면서 50만 명을 넘어섰다.

대기업은 빠르게 투자에 나섰다. 미국 로스앤젤레스에 본사를 둔 비욘드 미트Beyond Meat는 맛과 질감이 다진 소고기와 흡사한 식물성 햄버거를 생산하는 업체로 2019년 5월 상장하자마자 34억 달러(4조 원)의 가치 평가를 받았다. 네슬레와 켈로그 같은 거대 식품 기업들은 대체육 시장에 진출하고 있고, 슈퍼마켓과 식당 체인점들도 다양한 비건 제품을 소개해 왔다. 그러나 비거니즘이 주류가 되었다는 결정적인 증거와 그에 따른 반발을 확인할 수 있었던 계기는 지난해 1월 시내 중심가의 유명 빵집 체인점 그렉스Greggs가 퀸(Quorn, 버섯으로 만든 고기 대용 식재료)으로 만든 비건 소시지 롤을 출시한다고 발표했을 때다. 영국 언론인 피어스 모건Piers Morgan은 트위터에 "PC(Political Correctness)에 유린당한 광대들아, 아무도 빌어먹을 비건 소시지를 원하지 않았어"라는 글을 올렸다. 그러나 모건의 판단은 틀렸다. 비건 소시지 롤은 히트했고 회사 주가는 13퍼센트나 올랐다.

물론 기르고 수확하고 살찌워서 죽이는 것은 정치적인 문제다. 비건 상품을 선보인 테스코Tesco의 광고는 고기를 '악마화demonised'했다고 주장하는 전국 농민 조합National Farmers Union의 반발을 샀다. 슈롭셔(Shropshire, 영국 중부의 양고기 생산 지역) 주의회의 스티브 차믈리Steve Charmley 부의장은 "농업을 기반으로 한" 지역에서 채식을 권장하는 광고를 하는 것을 비판했다가 '폭풍 트윗'을 받았다. 지금 이 갈등이 일어나기까지는 오랜 시간이 걸렸다. 비거니즘의 확산은 개인적인 취향의 문제라기보다는 세대의 대변동에 관한 문제다. 고기, 생선 혹은 유제품 자체에 대한 문제가 아니라 과도한 양을 식탁 위에 올려놓는 시스템의 문제다. 궁극적으로 비건 전쟁은 사실 비거니즘에 관한 것이 아니다. 개인의 자유가 건강, 환경의 위기와 어떻게 충돌하고 있느냐에 관한 것이다.

접시를 두고 벌이는 전투

많은 문화권에서 동물 생산물 섭취를 완전히 삼가는 관습은 오랜 역사를 가지고 있다. 많은 라스타파리교Rastafari와 자이나교Jainism의 추종자들, 불교의 특정 종파들은 비폭력에 뿌리를 둔 신념 체계를 바탕으로 수 세기 동안 고기, 생선, 달걀, 유제품을 끊겠다고 맹세해 왔다. 그에 반해 서구에서는 비거니즘에 대한 대중의 인식이 피상적이었다. 1944년 도널드 왓슨Donald Watson이라는 영국 목공예사가 그들의 생활 방식을 정의할 복잡하지 않은 명칭을 정하기 위해 그의 아내 도로시Dorothy를 포함해서 유제품을 먹지 않는 소수의 채식주의자 회의를 소집하기 전까지는 비거니즘을 일컬을 적합한 명칭조차 없었다. 그들은 데어리밴dairyban, 비탄vitan, 베네보르benevore와 같은 대안을 고려하다가 '채식주의에서 시작해 논리의 정점에 이른 결과'라는 의미를 축약한 비거니즘으로 결정한다.

이러한 논리적인 결론은 특정 음식을 금하는 것에 그치지 않았다. 원래 비거니즘은 지금처럼 동물성 단백질을 거부하는 것을 넘어 동물이 산업 공급망의 일부가 되는 것에 반대하는 하나의 신념 체계나 이념이 아니었다. 1970년대에 캐롤 애덤스Carol J. Adams는 20년 후에 출판될《육식의 성 정치The Sexual Politics of Meat》라는 책을 집필하면서 여성과 동물을 욕망의 대상이면서 쓰고 버려도 되는 것으로 만든 사회적 시스템을 해결할 유일한 논리 체계로 비거니즘을 제시한다.

70년대 초, 다른 활동가들은 비거니즘이 어떻게 기존의 식품 시스템에 실행 가능한 대안을 제공할 수 있는지 따져 봤다. 1971년에 사회 정책 운동가인 프란시스 무어 라페Frances Moore Lappé는 저서 《작은 행성을 위한 식사Diet for a Small Planet》를 통해 전 세계 독자에게 채식주의자나 비건이 되어야 할 환경적 정당성을 제공했다(이 책은 300만 부 이상 팔렸다). 같은 해에 반문화의 영웅 스티븐 개스킨Stephen Gaskin은 테네시주 루이스 카운티에 국제 채식주의자 단체인 더 팜The Farm을 설립해 300여 명의 뜻이 맞는 사람들을 모았다. 4년 뒤 루이스 헤글러Louise Hagler는 《농장의 채식주의 요리책The Farm Vegetarian Cookbook》을 통해 "우리는 모두 채식주의자다. 세계 인구의 3분의 1이 굶주리고 있고 절반은 매일 밤 배고픈 채로 잠자리에 든다"고 주장하며 서구 독자들에게 두부와 템페(tempeh, 콩을 거미줄 곰팡이균으로 발효시켜 만든 인도네시아 음식)로 요리하는 법을 소개한다.

《농장의 채식주의 요리책》은 수십 년 동안 육류를 주식으로 삼은 문화에 특정한 이미지의 비건 미학을 주입시켰다. 비거니즘은 지금 우리가 아는 것처럼 인스타그램 피드에 긍정적인 기운을 발산하는 화려하고 활기찬 젊은 실천가들의 것이 아니었다. 콩과 현미의 동의어로 쓰이거나 베이지색의 곡물과 두류豆類가 가득 담긴 그릇을 들고 숟가락으로 떠먹는 나이 든 히피들을 상징했다.

　　즉각적인 공동체 의식을 함양하는 소셜 미디어는 비거니즘의 이미지를 변화시키는 데 상상 이상의 역할을 했다. 블로그 '샐러드와 함께 웃고 있는 여자Woman Laughing Alone with Salad'[11], 아사이 볼acai bowls, 그리고 이 세대를 대표하는 아보카도 토스트만 봐도 인터넷의 영향력이 오래되고 진부한 비거니즘을 변화시켰다는 것을 알 수 있다. 특히 인스타그램은 인터넷 세대에게 비건 음식을 건강에 이롭고 포토제닉한 것으로 재포장하는 데 성공하며 비거니즘을 주류 문화에 노출시켰다. 물론 모든 사람들이 이 변화를 긍정적으로 보지는 않는다. 비건 작가이자 팟캐스트 진행자인 앨리샤 케네디Alicia Kennedy는 인터넷이 오히려 풍부한 정치적 역사를 가진 비거니즘을 "웰빙과 관련된 것"으로 만들어 소비자들이 "필요 이상의 부담"을 지지 않고도 스스로를 비건이라고 지칭할 수 있게 만들었다고 걱정한다. 또 다른 미국 작가 쿠시부 샤Khushbu Shah는 소셜 미디어로 비거니즘이 대중화되고 백인 블로거와 인플루언서를 중심으로 비건 생활 방식이 자리 잡으면서 다른 인종의 이야기가 비거니즘 담론에서 사라졌다고 주장했다.

　　비건의 식단에도 비슷한 변화가 일어났다. 주요 도시에서 유행하기 시작한 길거리 음식은 더 지저분하고 더 군것질에 가까운 비건 미학을 형성하며 대중의 관심을 끌어올렸다. 화려한 남성 듀오가 운영하는 유튜브와 페이스북의 레시피 채널인 보시BOSH!는 식단에 재미를 불어넣는 스턴트 요리, 즉 애플파이 타코, 채식으로 해석한 맥도날드 맥머핀, 수박으로 만든 예거밤(독일 술인 예거마이스터와 에너지 드링크를 혼합해 만드는 칵테일) 등을 만드는 비디오를 제작한다. 보시의 헨리 퍼스Henry Firth와 이언 테아스비Ian Theasby는 스스로를 요리사가 아니라 "음식 리믹서"라고 부른다.

언어도 비거니즘을 더 새롭고, 접근하기 쉬운 방식으로 표현하기 시작했다. '식물성'과 같은 용어는 갈색의 탄수화물로 가득 찬 음식을 파릇파릇하고 생명력 있는 음식으로 리브랜딩하는 데 성공했다. '플렉시테리언(flexitarian, 주로 비건 또는 채식주의자지만 가끔 고기나 생선을 먹는 사람을 지칭하는 용어로 2014년 6월 옥스퍼드 영어 사전에 실렸다)'과 같은 신조어는 받아들이기 버거운 비건 이념을 재미있고 건강하고 일상적인 것으로 제시한다.

채식하는 1월(Veganuary, Vegan과 January의 합성어로, 한 해의 첫 달 동안 고기 없이 생활할 것을 장려하는 연례 캠페인. 2014년 시작됐다)이나 '고기 없는 월요일(Meat Free Mondays, 비틀스의 멤버 폴 매카트니의 제안으로 시작된 것으로 매주 월요일에는 고기를 먹지 말자는 운동)'과 같은 컬트적 행동들도 비슷한 맥락이다. 식습관을 단번에 바꾸는 것이 아니라 온라인상에 경험을 공유하면서 (혹은, 자랑하면서) 감당할 수 있을 정도의 실천을 하는 것이다. 비욘세는 아침 식사를 비건으로 먹겠다고 선언하고, 비너스 윌리엄스(Venus Williams, 건강 상태를 개선하기 위해 생채식주의 식단을 고집한다)나 루이스 해밀턴Lewis Hamilton 같은 운동선수들은 한때 이상하고 성가시게 보였던 비거니즘을 바람직한 생활 방식으로 인식하게 만드는 데 중요한 역할을 했다.

현대 서양식 식단의 생산 과정이 우리의 건강을 해친다는 과학적 문헌이 증가한 것도 비거니즘을 추구하는 명분으로 작용했다. 비 윌슨은 〈베이컨이 우리를 죽이고 있다〉에서 가공육이 건강에 미치는 영향에 대해 썼다. 글로벌 비영리 단체인 잇(Eat, 글로벌 식품 시스템을 혁신하려 하는 스타트업)과 의학 학술지 《란셋Lancet》이 의뢰한 보고서 〈인류세(人類世, Anthropocene)[12] 시대의 식품〉은 질병의 가장 큰 원인으로 '건강하지 못한 식단'을 꼽으며 '육류의 과도한 생산이 환경을 악화시킨다'고 결론지었다. 2018년 10월 과학 학술지 《네이처Nature》에는 기후 변화를 늦추기 위해서는 육식을 상당히 많이 줄이는 것이 필수라는 옥스퍼드 대학 연구팀의 연구 결과가 실렸다. 가축 생산은 삼림을 파괴하고 온실 가스를 위험한 수준으로 배출한다. 넷플릭스 다큐멘터리 〈카우스피라시〉와

〈몸을 죽이는 자본의 밥상〉 등에 나타나는 대중 과학 현상을 보면 식단을 바꾸는 것만으로도 갑자기 세상을 구할 수 있을 것 같다.

　　육류 업체들은 육류를 먹을 권리를 지키기 위해 공격적인 로비를 지속하고 있다. 그 결과 '고기'라고 불릴 수 있는 것과 없는 것, 심지어는 (미국의 한 주에서는) '채식 햄버거'라고 불릴 수 있는 것과 없는 것을 둘러싼 일련의 법적 규정이 만들어졌다. 하지만 비거니즘의 확산세는 막을 수 없다. 대략 2015년부터 비건 혹은 채식주의 요리책이 엄청난 속도로 늘었고 유튜브 채널 '보시'의 제작자들이 펴낸 책은 8만 부 이상 판매되면서 《선데이 타임스》 베스트셀러 목록에 4주 동안 머물렀다(지금 아마존에서 '비건 요리책'을 검색하면 2만 개가 넘는 검색 결과가 나온다). 식물성 우유의 판매량이 급증하고 식물성 단백질 쿤을 생산하는 업체의 재무 성과 지표가 치솟으면서 한 분석가는 "접시를 두고 벌이는 전투"가 (가짜) 피를 불러오고 있다고 했다. 2018년까지 (영국의 패스트푸드점) 바이런Byron, M&S, 프레타망제는 비건 제품군에 막대한 투자를 했다. 한 기사가 표현한 것처럼 "그해는 비거니즘이 반문화의 영역에서 주류로 옮겨간 해"였다. 2014년 채식하는 1월의 첫 번째 캠페인에는 3300명의 참가자가 모였다. 2019년에는 그 숫자가 25만 명을 넘었고, 53퍼센트는 35세 미만이었다.

그러나 비거니즘의 폭발적인 성장이 비거니즘을 둘러싼 논란이 일어나는 이유가 될 수는 없다. 채식주의자나 비건에게는 설명하기 힘든 내면 깊은 곳의 감정을 건드리는 무언가가 있다. 채식이나 비건을 택하지 않은 사람들의 반발심을 건드리는 비건의 생활 방식은 무엇일까? 사람들은 왜 그렇게 비건을 싫어할까?

육식을 지켜라

비건 유토피아를 설립하려는 초기의 시도는 성공하지 못했다. 1840년대의 초월주의 철학자 아모스 브론슨 올콧(Amos Bronson Alcott, 작은 아씨들의 작가 루이자 메이의 아버지)은 제2의 에덴을 만들고자 매사추세츠주 하버드에 비건 공동체인 프루트랜드Fruitlands를 설립했다. 그러나 작물을 직접 심고 밭을 직접 갈아야 한다는 올콧의 말은 모든 구성원을 먹일 식량을 재배할 수 없다는 의미이기도 했다(멤버 수가 가장 많았던 때가 13명이었는데도 불구하고 말이다). 대개 날것의 과일과 곡물로 이루어진 식단은 참가자들에게 심각한 영양실조만을 남겼다. 개원 7개월 만에 프루트랜드는 문을 닫았고 한 전기 작가는 "역사상 가장 성공하지 못한 유토피아 중 하나"라고 조롱했다.

여론전에 불이 붙은 타이밍은 미국 채식주의자들에게

는 유감스러웠다. 19세기에 채식주의자와 비건은 '죽은 사람 같은', '허약한', '몹시 화난', '퍼렇게 상한 얼굴', '음식 괴짜들'을 의미하는 용어인 그레이엄족Grahamites으로 불리며 당시 대중과 의학계, 언론의 독설에 찬 비판의 대상이 되었다. 그레이엄족은 육식이 건강에 해롭고 도덕적으로도 혐오스럽다는 이유로 육식을 반대하는 운동을 펼친 장로교 목사이자 식단 개혁가인 실베스터 그레이엄Sylvester Graham의 이름에서 파생된 용어다.

21세기 들어 사용되는 용어는 바뀌었을지 모르지만, 그 정서는 변하지 않았다. 2015년에 맥기니스와 허드슨이 실시한 연구에서 응답자들에게 채식주의자보다 더 부정적으로 인식되는 대상은 마약 중독자뿐이었다. 이 보고서는 "인종 차별이나 성차별과 같은 다른 형태의 편견과는 달리 채식주의자와 비건에 대한 부정적인 인식은 사회 문제로 간주되지 않는다. 오히려 그것은 아주 흔한 일이며 대체로 (자연스러운 것으로) 받아들여지고 있다"고 결론지었다.

2011년 사회학자 매튜 콜Matthew Cole과 캐런 모건Karen Morgan은 '베가포비아vegaphobia'라고 불리는 현상을 관찰하면서 영국 언론이 비건을 꾸준히 부정적으로 묘사했다는 사실을 확인했다. (윌리엄 시트웰의 비건 비하 이메일을 받은) 잡지《웨이트로즈》의 프리랜서 기자 셀레네 넬슨Selene Nelson의 폭로가

퍼졌을 때 그녀는 며칠 동안 '멋없는', '전투적인', '공격적인' 사람으로 불렸다. 2017년 스위스 아르가우Aargau의 주민들은 '성가시다'는 이유로 한 비건 외국인 거주자의 시민권을 박탈하라고 요구했고, 이 이야기가 고소하다는 반응과 함께 세계 언론에 재조명된 방식은 널리 퍼져 있는 무심한 편견을 드러냈다.

비거니즘을 반대하는 사람들은 적개심을 정당화하기 위해 다수의 반대 의견을 서술한다. 이제는 익숙해진 농담(질문: 어떤 사람이 비건인지 어떻게 알아? 대답: 걱정하지 마, 그들이 네게 먼저 말해 줄 거야)에 따르면 비건은 설교하려 들고 독실한 척하는 사람으로 인식되는데, 이는 "채식주의자/비건의 동기가 개인의 건강보다는 사회 정의와 관련돼 있을 때" 더 부정적으로 보인다. 이는 맥기니스와 허드슨의 연구에 참여한 응답자들이 공감했던 부분이기도 하다.

건강상의 이유와 같은 합리적인 동기로 비건 식단을 반대하기도 한다. 비건 식단을 유지하면 비타민 B-12와 같은 중요한 영양소가 부족해질 수 있기 때문이다. 특히 일부 비건 블로거나 영양학을 비정통적으로 접근하는 인스타그램 인플루언서들이 옹호하는 극단적인 식단(프루테리어니즘, fruit-arianism, 과일만 먹는 식단)에서 두드러지게 나타난다. 다양한 슈퍼마켓 체인점들은 임파서블 버거Impossible Burger부터 식물성 미트볼, 구종즈(goujons, 작은 생선 튀김), 핫도그에 이르기까지 비건 즉석 식품에 대한 급증하는 수요를 충족시키기 위해 노력해 왔다. 비 윌슨의 주장처럼 비건 제품에 첨가된 높은 비율의 가공된 재료는 소위 채식의 건강 후광 효과가 환상에 불과할 수도 있다는 점을 시사한다.

비거니즘이 주류가 되고, 비욘드미트와 같은 기업들이 일확천금을 벌어들이는 것을 보면 이런 움직임이 하나의 산업화된 시스템을 다른 것으로 대체하려는 것일지도 모른다는 생각이 든다. 개인의 건강이나 환경에 미치는 영향을 고려했을 때, 집중적인 가축 농업은 세계 기아 문제의 해결책이 될 수 없다는 증거가 많이 나왔다. 그러나 콩, 옥수수, 곡물을 집약적으로 공업화한 농업에도 상당한 탄소 비용이 든다. 아사이 볼에 넣을 베리와 견과류로 만든 버터, 토스트에 얹을 아보카도 등도 비행기로 운반하고 있기 때문에 마찬가지다.

비거니즘은 사회 정의에 뿌리를 두고 있지만, 주류가 되는 과정에서 세부 사항들은 시야에서 멀어져 갔다. 21세기 들어 희석되기는 했지만, 비거니즘을 둘러싼 대립은 여전하다. 비거니즘은 사람들의 식단에 가혹하게 주목하고, 사람들은 본능적으로 방어한다. 고기가 비싼 나라에 사는 사람들은 어쩔 수 없이 채식주의자나 비건이 되기도 한다. 부유한 서부에서는 사람들이 주체적으로 고기를 먹지 않는다. 이것은 일반적인 생활 방식을 거부하고 다수 국민이 가진 가치를 비난하는 것이 된다. 특히 식량 배급이라는 긴 그늘에서 벗어나기 위해 여전히 고군분투하고 있는 국가(영국 등)에서는 일반적인 생활 방식을 거부하고 다수의 국민이 공유하는 가치를 꾸짖는 일이 된다. 우리는 동물을 좋아하고 동물 학대를 비난하지만 베이컨 샌드위치, 일요일 만찬용 구이 요리, 피시 앤드 칩스를 즐기는 문화에서 자랐다. 사람들이 비건을 싫어하는 이유는 정말 단순하게도 인류가 음식을 선택할 때 얼마나 혼란스러워하는지, 그 의사 결정 과정이 얼마나 비논리적일 수 있는지 드러나기 때문일지도 모른다.

그렇다고 해도 구체적으로 비건의 어떤 지점이 사람들을 화나게 하는지는 여전히 답하기 어렵다. 비건을 유머 감각이 없고, 공격적이고, 독실한 체 하고, 성가시고, 위선적이라고 비난하는 것은 단지 사람들이 진정으로 느끼는 두려움에 대한 연막일 뿐이다. 비건은 우리를 불안하게 하는 기괴한 사람들이다. 그들은 우리와 함께 살고, 우리처럼 말하고, 우리처럼 행동하지만, 한 가지 중요한 지점에서 다르다. 육식은 살해일지 모르지만, 어떤 사람들에게는 고기가 없는 삶은 상상조차 할 수 없다.

고기를 먹을 자격

서양인들이 먹는 고기의 양이 적절하다는 증거는 없다. 과거에는 동물을 인도적으로 사육하고 도살하는 데 들어가는 비용이 하나의 경계를 형성했고 고기를 가질 수 없는 사치품으로 만들었다. 고기는 항상 부유한 사람들의 유산이었고 번영의 상징이었다. 일반적인 복지나 번영을 암시하는 '모든 냄비에 닭 한 마리씩'이라는 표현은 프랑스의 헨리 4세 시대 때 처음 나와 1928년 미국의 허버트 후버Herbert Hoover 대통령 선거운동 때까지 1000년에 걸쳐 모두가 원하지만 지켜질 수 없는 약속으로 남았다.

　육류를 슈퍼마켓에서 쉽게 살 수 있게 된 것은 현대 농업 기술이 진보하면서부터다. 1800년대 중반부터, 농부들은 가축을 더 크고, 건강하고, 빠르게 기르고, 단시간에 도축할 수 있게 되었다. 그리고 고기가 상하는 것을 막고, 더 멀리 운반하고, 더 오래 저장할 수 있었다. 심리적 전환점은 러셀 베이커Russell Baker가 《뉴욕 타임스》에서 지칭한 것처럼 "소고기 광풍"을 불러일으킨 제2차 세계 대전이었다. 군인들은 통조림 고기와 함께 전선으로 보내졌다. 평화가 선포된 후에는 지글지글 익는 축하 스테이크만큼 멋진 새로운 세계를 상징할 수 있는 것은 없었다. 한 세기가 조금 넘는 기간 동안, 고기는 접하기 힘든 사치품에서 식단의 핵심으로 자리 잡았다. 그리고 오늘날 우리는 고기를 매일 먹을 자격이 있다고 생각한다.

지난해 3월, 미국 하원의원 알렉산드리아 오카시오 코르테스Alexandria Ocasio-Cortez는 TV 토크쇼인 쇼타임의 〈데우스 앤 메로Desus & Mero〉에서 그린 뉴딜Green New Deal에 대해 토론하며 "햄버거를 아침, 점심, 저녁으로 먹지만 않으면 되는 문제가 아닐까? 우리 좀 솔직해져 보자"라고 말했다. 이 이야기는 《란셋》에서 비슷한 시기에 고기가 환경 파괴에 미치는 영향을 상식적이고 타당한 과학을 근거로 삼아 발표한 것처럼 악의 없는 논평일 뿐이었을까? 공화당원들은 그렇지 않다고 했을 것이다.

유타주의 롭 비숍Rob Bishop 의원은 그린 뉴딜 정책이 통과되면 햄버거를 먹는 것은 "불법"이 될 것이라고 주장하면서, 오카시오 코르테스의 발언을 반박했다. 이에 세바스천 고르카Sebastian Gorka 전 백악관 고문은 보수 정치 회의Conservative Political Action conference에서 다음과 같이 연설했다. "그들은 여러분에게서 햄버거를 빼앗고 싶어 합니다! 스탈린이 꿈꿨지만 결코 이루지 못한 바로 그것입니다!"

스탈린은 실제로 미국 햄버거에 대한 감탄으로 가득 차서, 미국에 대외 무역부 장관을 보내 현지 조사를 진행한 적이 있다. 그 결과, 미코얀Mikoyan 커틀릿은 수십 년 동안 소련 사람들의 주식이 됐다. 그런데 "그들이 우리의 고기를 빼앗고 있다"는 것은 "그들이 우리의 일자리를 빼앗고 있다"거나 "우리들의 총을 빼앗고 있다"는 등의 구호와 비슷하다. 개인의 권리가 외부의 힘에 위협받고 타고난 권리가 공격받고 있다는 것과 비슷한 뉘앙스를 풍긴다. 미국 공화당 상원의원 테드 크루즈Ted Cruz는 자신의 민주당 경쟁자인 베토 오로크Beto O'Rourke가 (부당하게) 상원 의원직을 차지하면 텍사스 바비큐를 금지할 계획을 세우고 있었다고 고발했다. 고기는 마치 개인의 총기처럼 바람직하지 않은 압력으로부터 얻어 낸 것, 진보주의의 공세에 저항하는 이들의 상징이 되어버렸다. 남성 권리 옹호자인 조던 피터슨Jordan Peterson의 식단은 소고기와 소금으로만 이루어진 것으로 유명하다. 도널드 트럼프는 패스트푸드와 케첩을 곁들인 웰던 스테이크를 즐겨 먹기로 유명하다. 스스로를 '비트코인 육식 동물Bitcoin carnivores'이라고 부르는 자유주의 암호 화폐 마니아들이 구성한 소그룹도 있다.

인터넷 시대에 육류 소비는 눈에 띄게 보수적인 알파-남성성과 연결되어 있다. 게티스 라그즈딘스는 날고기를 먹는 엽기적인 행각을 벌이기 전에 인종 차별주의 이데올로기와 일루미나티illuminatus[13]에 기반한 우익 음모를 퍼뜨리는 유튜브 채널을 운영한 것으로 잘 알려져 있다. 온라인상에서 대안 우파[14]와 연계된 집단들은 소위 '사회 정의의 전사들'이라고 불리는 사람들을 조롱하기 위해 정력 부족을 의미하는 '컥

(cuck, 바람난 아내를 둔 남자라는 속어)', '베타beta'와 함께 '소이보이(soy boy, 여자 같은 남자를 뜻하는 속어)'라는 경멸적인 용어를 사용했다. 이런 현실은 전통적인 성 가치를 지키려는 우파 성향의 응답자들이 칠면조보다 두부를 더 좋아하는 사람들을 체제 전복적인 위험인물이라고 보고, 이들을 조롱해도 된다고 여긴다는 맥기니스와 허드슨의 연구 결과를 반영하고 있다.

음식과 관련된 욕설에는 양면성이 있다. 영국에서, '개몬(gammon, 돼지 뒷다리 살이나 옆구리 살을 소금에 절이거나 훈제한 것을 뜻하는 말로, 터무니없는 소리라는 뜻으로도 쓰인다)'이라는 용어는 분노한 중년 영국인들의 암갈색 피부 톤에서 영감을 받은 경멸적인 표현으로서 2010년대 초에 통용되기 시작했다. 음식은 항상 개인의 정체성에 묶여 있었고, 따라서 정치와 분리될 수 없었다. 음식과 관련된 용어의 어원을 보면 '식사(diet, 그리스어로는 삶의 방식)'와 '정권(regime, 라틴어로는 규칙)'과 같은 용어는 삶을 올바르게 이끌기 위한 투쟁을 함의한다. 해롭다고 생각되는 음식을 식단에서 강박적으로 제외하느라 고통받는 건강 유해 식품 기피증 환자의 사고방식은 '올바른correct' 먹기에 대한 왜곡된 생각에 뿌리를 두고 있다. 식습관이 상징하는 사람들의 결점을 언급하지 않은 채 식습관을 논의하는 것은 불가능하다. 브리야사바랭(Brillat-Savarin,

프랑스의 정치가이자 미식가)의 말을 빌리자면, 당신이 누군가에게 무엇을 먹을지 말하는 것은 어떤 사람이 될 것인지를 말해 주는 것과 같다.

비건에 대한 대화는 훨씬 더 큰 담론을 내포하고 있다. 비거니즘을 말하는 것은 환경적, 사회적 변화를 이야기하는 것과 같다. 우리는 텍사스 바비큐, 일요일 만찬용 구이 요리, 소시지 롤과 같은 전통을 말살하는 것에 대해서도 생각해야 한다. 음식을 선택하는 과정이 스스로와 주변 세계에 어떤 영향을 미치는지에 대해 오래전부터 해온 고민도 거론해야 한다. 플렉시테리언과 같은 개념이 나오면서 비거니즘의 인기가 커진 만큼 비거니즘의 궁극적인 목표는 연간 1인당 동물제품 소비량이 정확히 제로인 세계다. 그렇다면, 왜 이렇게 과열 양상을 보이는지 알 것도 같다.

안전한 길로 돌아가라

음식은 우리의 불안을 자극하는 강력한 통로다. 반세기 전 《뉴잉글랜드 저널 오브 메디신The New England Journal of Medicine》에 중국 음식에 흔히 쓰이는 글루탐산소다(혹은 MSG)가 두통, 발한, 심장 두근거림 등의 증상을 보이는 신규 질환과 연관되어 있다는 연구 결과가 실렸다. 향미 증진 첨가제는 악으로 취급되면서 미국의 일부 도시에서 금지되기도 했다. MSG의 부정적인 영향을 반증하는 여러 연구가 나왔음에도 불구하고 '중국 식당 증후군'에 대한 편견은 여전히 널리 퍼져 있다. MSG는 이제 아시아권 이외의 요리에도 널리 사용되고 있지만, 아시아계 미국인 요리사들만 MSG 사용을 정당화해야 하는 과제를 안고 있다. 음식과 관련된 도시 괴담을 뒤집는 일이 얼마나 어려운지 보여 주는 사례다. MSG 괴담이 확산된 배경에 인종 차별적인 요소가 있다는 것에는 의심의 여지가 없다. 괴담을 유포한 사람들은 그들의 존재를 위협하는 새로운 사상이 인기를 얻으면서 생긴 두려움에 자극을 받은 것이다.

육식을 반대하는 사람들은 악전고투하고 있다. 논쟁의 핵심이 스테이크가 아니라 정체성이라는 것은 분명하다. 전면적인 변화를 시도하는 움직임은 반드시 불안을 수반할 수밖에 없으며 그 불안 중 최고는 그렉스의 퀸 소시지 롤과 같은 비건 요리가 대안이 아니라 대체재가 되고 있다는 생각이다.

종교와 같은 몇 가지 분명한 예외 상황을 제외하고 육류는 전 세계 문화에서 최고의 지위를 유지했다. 육류가 항상 야채보다 구하기 어려웠기 때문에 생긴 지위였다. 항생제가 없었던 시절에는 작은 동물도 잡기 어려웠다. 도망치는 동물을 잡다가 상처라도 입으면 치명적이었다. 사회 계층이 형성된 이후로는 고기를 먹고 싶을 때 먹을 수 있는 능력보다 높은 지위를 보여 주는 징표는 없었다. 2016년에 출판된 마르타 자라스카Marta Zaraska의 저서 《고기를 끊지 못하는 사람들 Meathooked》에서는 파라오가 사후 세계를 위해 방부 처리된 소고기 및 가금류 바구니인 '고기 미라'와 나란히 매장되어 있는 이집트 무덤을 발견한 기록이 나온다. 육류를 향한 인류의 집착은 사라지지 않고 있다. 미래를 예측하는 사람들은 오히려 향후 10년 동안 개발 도상국의 육류 소비량이 급격히 증가할 것으로 전망한다. 단백질의 주공급원인 고기는 가장 큰 열망의 대상이며 번영의 확실한 증거로 남아 있다.

캐롤 애덤스가 말한 것처럼, 우리의 언어는 육식으로 인한 도덕적 문제로부터 우리를 보호하고 있다. 우리는 소가 아니라 소고기를 먹고, 돼지가 아닌 돼지고기를 먹는다. 하지만 양배추는 일생 어떤 형태이든 양배추로 불린다. 우리는 언어로 채소의 가치를 훼손시키면서까지 고기의 가치를 높이기도 한다. 근육질의 힘센 사람들을 '비피(beefy, 우람함)'라고 부르면서 게으른 사람들은 '카우치 포테이토(couch potatoes, 소파에 앉아 TV만 보며 많은 시간을 보내는 사람)'라고 하고, 반응이 없는 조용한 사람들은 '베지터블(vegetables, 단조로운 사람들)'이라고 부른다. 그래서 육식에 등을 돌리는 것은 돼지고기를 끊고 퀸을 대신 먹는 것만큼 간단하지 않다. 우리 안에 고착화된 가치를 뒤집는 일이다.

그럼에도 대이동은 이미 진행 중인 듯하다. 영국 대학에 음식을 공급하는 기업 투코Tuco는 최근에 수많은 구내식당에서 육류를 사용하지 않는다고 보고하면서, 비건이나 채식주의 식단이 학생과 직원들 사이에서 '메가 트렌드'가 되었다고 설명한다. 시내 중심가에서도 비건 식품은 잠깐의 기회를 틈타 이윤을 창출하기 위해 만들어지는 것이 아니라 잠재적 베스트셀러가 될 것이라는 인식이 늘고 있다. 그렉스의 비건 소시지 롤이 성공하자 테스코는 수요에 발맞추기 위해 식물성 제품의 범위를 거의 50퍼센트까지 늘릴 것이라고 발표했다.

비건 식품의 판매는 빠르게 성장하고 있을지 모르지만, 1조 7000억 달러(2038조 원) 규모를 자랑하는 전 세계 육류 시장에 미치는 영향은 미미하다. 문화의 변화는 정부, 산업 및 과학의 개입 없이 일어날 수 없다. 지난 몇 년 동안 목격했듯, 변화는 싸움 없이 일어날 수 없다. 그래서 지금 일어나는 갈등은 불행에 가깝다. 우리는 현실 세계에서는 절제하면서 정서적으로 플렉시테리언을 지향할 수도 있다. 하지만 비건을 둘러싼 가장 치열한 교전이 벌어지고 있는 온라인에서는 타협점을 찾을 수도, 기대할 수도 없다. 인터넷은 사람들을 격앙시키고 양극화했다. 이런 혼란 속에서 목소리를 낼 유일한 방법은 더 크게 소리치는 것이다.

우리가 고기를 너무 많이 먹는다는 것을 암시하는 일련

의 증거는 부정할 수 없는 지경에 이르렀다. 올여름 유엔 보고서는 기후 위기를 막는 주요인으로 삼림 파괴와 소를 비롯한 집약적인 축산업에서 나오는 배출물을 꼽았다.

비건 나우Vegan Now 캠페인 출범 당시, 영국 왕실 변호사 마이클 맨스필드Michael Mansfield가 육식 행위를 불법화할 것을 주장한 연설처럼 일부에서는 긴급 조치를 제안하고 있다. 그는 육류 소비를 '흡연'에 빗대어 육류(특히 붉은 고기)가 새로운 담배가 되면, 육류가 건강에 좋지 않다는 다수의 인식 아래 소수의 사람만이 즐기는 나쁜 버릇이 될 가능성이 매우 높다고 말했다.

맨스필드는 '에코사이드(ecocide, 자연환경을 대규모로 파괴하는 행위)'를 반인류 범죄로 분류하면서 논쟁을 새로운 틀에서 다뤘다. 우리가 지금 마주한 현실은 벼랑 끝이고 식물성 식단에 대한 관심을 갖는 것이 안전한 길로 돌아가는 가장 확실한 방법이라는 것이다. 이런 관점에서 보면 비건과의 전쟁은 유해한 삶의 방식을 지키려고 싸우는 불운한 다수의 행동이다. 비건들은 시끄럽고 성가시고 고결한 척하며 자기만족에 빠져 자신의 생각을 남에게 강요할 수도 있다. 그러나 비건의 확산세가 일정 수준을 넘어선다고 해도 그렇게 나쁜 일은 일어나지 않을 것이다. 아마도 그들이 옳다는 결론이 나오는 것이 벌어질 수 있는 최악의 상황일 것이기 때문이다.

주

1 _ 생산 비용이 높고 수익이 거의 또는 전혀 없는 소량의 제품이나 작물을 생산하는 회사, 국가 등을 의미한다.

2 _ 포도 품종과 빈티지 레이블을 표시할 수는 있지만 지역이나 명칭을 표시할 수는 없다. 프랑스 와인인 것만 나타내는 표식이다.

3 _ 영국의 제빵공업연구소가 고안한 기계적 반죽에 의한 제빵법. 1차 발효를 생략하고 산화제와 기계의 힘으로 반죽부터 굽기까지 초고속으로 진행한다. 공정 시간이 단축되는 반면, 빵의 풍미가 저하되는 단점이 있다. 〈촐리우드 제빵법〉,《네이버 지식백과》.

4 _ 2000년대 이후 친환경, 건강식 빵에 대한 시장의 요구가 커지자 일부 샌프란시스코 빵집 중심으로 골든 러시 시대의 사워도우를 부활시키자는 움직임이 시작됐다.

5 _ 영국, 캐나다, 남아프리카 및 뉴질랜드 여성을 위한 커뮤니티 기반 조직이다.

6 _ 미국의 변호사이자 정치인, 활동가. GM 자동차의 결함을 고발하는 등, 미국 소비자 보호 운동의 발전에 상당한 영향을 끼쳤다.

7 _ 위스콘신주는 낙농업과 육류 산업이 발달한 지역이다.

8 _ 농업 혁명 이전의 선사 시대 식단을 따르는 다이어트. 구석기 시대의(paleolithic) 식단이라는 의미다. 단백질과 식이 섬유 섭취를 늘리고, 탄수화물과 신석기 시대 이후 등장한 식재료 섭취를 제한하는 것이 특징이다.

9 _ 소시지를 튀겨서 만드는 영국식 가정 요리.

10 _ 엄격한 채식주의자로 고기는 물론이고 우유, 달걀도 먹지 않고 실크나 가죽처럼 동물에게서 원료를 얻는 제품도 사용하지 않는 사람들.

11 _ 여성들의 대중적인 사진을 큐레이션하는 블로그로 2011년 1월에 출시된 이후 미디어에서 정형화된 여성을 묘사하는 패러디와 풍자의 주된 소재가 되었다.

12 _ 인류로 인한 지구 온난화 및 생태계 침범을 특징으로 하는 현재의 지질학적 시기.

13 _ 철학 계몽주의 시대인 18세기 후반 프로이센을 중심으로 활동하던 급진주의 성격의 자발적 결사체.

14 _ 미국 주류 보수주의의 대안으로 제시된 극단적인 수구 이념의 정치 성향을 가진 집단 또는 우익의 한 부류.

북저널리즘 인사이드　　　식탁에서 변화를
　　　　　　　　　　　　시작하다

덴마크 코펜하겐의 레스토랑 노마Noma는 뉴 노르딕 퀴진New Nordic Cusine이라는 새로운 흐름을 만들었다. 단순히 음식을 요리하는 방식이 아니라, 음식이 지역과 사회, 경제에 미치는 영향에 대한 철학이다. 노마의 셰프 르네 레드제피Rene Redzepi를 지지하는 사람들이 동참한 뉴 노르딕 선언에는 북유럽 지역의 특색을 가진 재료 사용부터 지역 생산물과 생산자에 대한 지원, 계절의 변화 반영, 동물 복지와 건전한 생산 과정 촉진, 농업과 어업, 식품 도소매 산업 종사자와 소비자, 연구자, 교사, 정치인 등과의 협업에 이르기까지 음식이 사회와 연결되는 다양한 방식이 포함돼 있다.

《가디언》은 뉴 노르딕 퀴진을 다룬 기사에서 이런 흐름이 북유럽에 그치지 않고 전 세계적으로 음식을 다루는 사람들의 태도를 바꾸고 있다고 분석한다. 지금 유명 셰프들은 더 이상 고든 램지Gordon Ramsay 같은 무자비한 주방의 독재자도, '분자 요리'로 이름을 날렸던 레스토랑 엘 불리El Bulli의 페란 아드리아Ferran Adrià 같은 과학자도 아닌, 더 나은 세상을 향한 원정대가 되었다. 음식을 만드는 사람들이 사회 변화의 최전선에 선 셈이다.

본문에 등장하는 내추럴 와인과 곡물 본연의 맛을 내는 빵을 만드는 사람들도 그런 변화를 이끌고 있다. 지나치게 현대화되고 산업화되어 화학 물질로 뒤덮인 음식을 원래 상태로 되돌리려 한다. 이들이 만드는 변화는 가장 원시적인 지점에서 출발

한다. 재배, 발효 같은 기초적인 단계에 집중하면서 사회와 경제, 문화를 바꾸는 것이다.

전 세계 사람들은 매일, 매 끼니 음식을 소비한다. 세계인이 1분마다 소비하는 음식의 양은 평균 5216톤에 달하고, 세계 음식 시장은 2018년 기준 8조 7000억 달러(1경 730조 원) 규모다. 음식이 삶의 방식과 산업, 경제에 큰 영향을 끼칠 수밖에 없는 이유다. 한편으로 음식은 단순히 생명을 유지하기 위한 수단이 아니라 일상적인 행복, 문화에 대한 소속감이기 때문에 변화시키기 어려운 영역이기도 하다. 사랑하는 음식에 문제를 제기하는 사람에게 반발심이 들고, 취향에 맞는 음식에 대해서는 긍정적인 사실만 받아들이려 하는 것은 어찌 보면 당연한 일이다. 가공육 업계가 베이컨에 대한 과학적 사실을 은폐해 온 방식, 대체 우유가 실제 영양분과 상관없이 각광받는 것, 비거니즘에 대한 거센 반발은 모두 이런 맥락에서 나타난 현상이다.

음식을 먹는 것은 우리가 일상에서 가장 자주 내리는 정치적 의사 결정이다. 어떤 음식을 좋아하고, 자주 먹고, 거부하는지는 그 사람의 사회적, 경제적, 문화적 배경과 밀접한 관련이 있다. 어떤 생각을 갖고 있는지도 보여 준다. 저자들이 취재한 음식을 둘러싼 갈등과 변화의 이야기는 매 끼니 우리가 내리는 선택의 무게를 느끼게 한다. 사회의 흐름을 주시하며 정치적 의견을 나누고, 내가 바라는 사회의 모습을 떠올리며 투표에 참여하듯이,

음식을 먹을 때에도 이 결정이 세상을 어디로 향하게 만들지 고려해야 한다. 계속 먹어 왔으니까, 내가 좋아하는 음식이니까 같은 이유는 더 이상 결정을 회피할 핑계가 될 수 없다. 더 나은 세상을 상상하고 있다면, 식탁에서 변화를 시작할 차례다.

소희준 에디터